CANON and the Endless Stories

卡農與無盡的故事

知磨——著

目次

第三章　關於現實

特別篇　通往結局的列車

第六章 遙望過去

完結篇

第一章　關於傳說

卡農與船上的子民

關於卡農這個人的傳說，在世界各地不同的角落被流傳著。

這些曾被卡農踏足的地點有如布宜諾斯艾利斯那般的國際都市，也有小至聖母峰上不為人知的游牧村莊，這些場所唯一的共通點，便是都曾發生過極其重大的災難。

在這些以訛傳訛的傳說裡，卡農有著全然不同的形象——有人說他是個篤信邪教的傳道者，總是四處散播著唯恐天下不亂的謠言；也有人說他是被詛咒之子，只要有他在的地方便會有災厄發生。

鮮少人知道這些傳言根本只是本末倒置的說法。

你或許不相信，但卡農他天生擁有能夠預知「悲劇」發生的能力——如同預知夢一般，時不時他總會在夢中聽見向他呢喃著的，來自未來的災厄。年紀輕輕的他將這份能力視為自己出生於世的使命，為了使將要面臨嚴重災難的人們避開危機，如今的卡農仍在世界各地奔波著。

＊＊＊＊＊＊＊＊＊＊＊＊＊＊＊＊＊＊＊

各位或許聽說過百慕達三角的謎團，但你知道那與卡農也有著關聯嗎？

位於美國佛羅里達州南端的三角海岸，那個被世人遺忘，難以進入的空間裡，很久以前其實是有著一群人民居住的。那些人們以船體爲國土，向海洋捕獵爲生，是長期定居於汪洋大海中的海上民族。

他們是船上的子民。

但你可能也已經聽說過無數則關於百慕達三角的失蹤悲劇了，而這艘承載著海上民族的船當然也不例外——在卡農歷經一翻風波，終於成功登上這艘船的同時，他第一時間便奔向船艙，晉見長老並向對方告知這艘長年乘載他們的船即將在幾天後崩解沉沒。

然而船上卻沒有人相信他的話。

即使卡農不斷的說服、勸說，一一向船上的人民請求，仍沒有人改變過自己堅信的立場——選擇不避難而繼續待在船上。

船上的子民僅以自己既有的經驗，以爲這艘幾尺長的船便是世界的全貌，不願承認自己所相信的一切只是個脆弱不堪的謊言，因此終究導致了自身的滅亡。

卡農在大船沉沒的一小時前獨自搭上逃生船離開了。

看著遠方被漸漸滅頂的船，卡農卻沒有聽見任何叫聲或求饒。這一代海上民族的滅亡，不但不帶絲毫哀戚，居然還是寧靜而安詳的。

避免悲劇眞的是正確的選擇嗎？

長年生活在海上的人們啊，對他們而言海上的生活是能讓他們感到安心自在的地方，是不論如何都不願離開的場所。他們甚至不知道陸地的存在，也不想要知道陸地的存在。

或許到了陸地，遇見了自許爲文明人的我們，還會因無知而遭受歧視，被我們當成野蠻人來看待呢。

那麼增廣見聞眞有其意義？眞正見識短小的人究竟又是哪一方呢？

「『知足』與『怠慢』……嗎。」卡農輕笑了一聲如此說道，但他沒有再多花心思思考這個問題，只是在筆記本上計畫著下個該前往的地點，便頭也不回的駛船離去了。

命運製造專員的使命

在步伐匆忙的都市裡，一道道身影擦身而過，公車上的人們短暫相處，最終又各自分別……生活中所遇到的每件事看似僅是偶然，卻也同樣是種種前因後果所衍伸出的，必然的結果。

你有想過這一切可能是「命運製造公司」的安排嗎？

即使聽起來只是個都市傳說，但這著實是個眞實存在又頗具市場規模的職業——諸如想在與女友約會時突然被狗追而來個肢體接觸、想刻意讓某位教授不小心遲到以拖延自己還沒念完的期末、甚至是製造一場完全基於一連串巧合而導致的假車禍……總之，只要向命運製造專員提出心目中的理想狀況，他們便能動用公司資源替你「巧合般」的實現。

而在這之中最常見的，莫過於「與朝思暮想之人『命運般』的邂逅」這類型的委託了。

＊＊＊＊＊＊＊＊＊＊＊＊＊＊＊

「所以我眞的不懂現代人在想什麼，憧憬著浪漫的命運卻又老愛搞這種小手段。」

在這熙來攘往的商場裡，命運製造專員羅恩小心翼翼地躲在牆角處，像是準備伺機而動般地四處張望著。而他的身邊還跟著一名行跡同樣鬼祟的少女。

「你明明是做這行的，卻似乎總在抱怨這份工作呢。」少女小聲說道，他的舉止明顯沒有羅恩來得熟練，緊張的手中握著的冰淇淋似乎有點融化的跡象。

「如果眞想交男女朋友，去載交友軟體不就得了？」羅恩聳肩說著。

「那、那個感覺不一樣啦！」少女回答。

「還不是因爲厚臉皮，才寧願花錢……」

對話進行到一半突然戛然止住，兩人頓時屛住氣息……因爲發現了「目標對象」即將接近轉角。

於是少女在羅恩的指示下，一邊舔著冰淇淋一邊裝作漫不經心地向前走，然後沒過多久，便「不巧的」與從轉角跑過來的男子撞個正著。

「啊！」

「哇抱歉！啊……」

「冰淇淋掉到地上了……。」

「真、真的很對不起……我賠你一隻吧！」

「不用啦沒事的！」

「沒關係啦，這附近剛好有間店。」

「那……好吧！」

於是少女就這樣命運般地與那名在咖啡店打工的男子相遇了。

「眞是蠢到家了。」羅恩心想，他不敢相信少女居然眞的願意採用這過於老套的方案，還一副認眞又賣力地付諸實踐。

＊＊＊＊＊＊＊＊＊＊＊＊＊＊＊＊＊＊

承接了少女對於愛慕之人的追求這份委託大約是從上個夏天起，在那之後，羅恩便不時會與少女一同爲攻略男子進行一連串的作戰計畫。

可能是抓緊時機安排個巧合與偶遇，也可能是一同調查男子最近喜歡的興趣，在這兩人爲了目標到處奔波的時光裡，時而爭論時而合作，過程既是膽顫卻也同樣令人會心一笑。

雖然羅恩總喜歡吐槽少女這過於費盡心計的行爲，但少女卻從不改自己堅定的態度。

「倒不如說對我而言，反而是『別有用心』更加讓我心動呢。」少女每每總是如此說著：「你想想，比起被命運安排而不小心走在一起，那爲了追求對方而不停努力、偶爾有些小心機、顯得傻卻又奮不顧身的姿態……不覺得反而更加迷人嗎！」

「是呢……。」看著少女那直率的笑顏，羅恩也不經意的如此回答。

偶爾因爲成功得到下次見面的機會而興高采烈，偶爾又因爲不小心搞砸了約會而難過掩面，少女那有些莽撞卻又眞摯熱誠的追求之心，羅恩一直看在眼裡。

也因此在這日復一日的相處中，羅恩不知不覺已對少女產生了一絲感情。

但即使如此羅恩卻完全不願表現出來，因爲他認爲這樣的心態是不敬業的，更倔強地相信談戀愛是件幼稚的事，因此也只是繼續替少女的愛情之路鋪路，帶著酸澀的心從背後推著少女向男子前進。

直到少女下定決心告白的那天……

「我喜歡你！」

明明已目送少女離開，但這時少女卻突然衝回來抱住了自己。

羅恩感受到胸前那小巧而柔軟的身軀，以靦腆又忐忑的語氣說著：

「抱歉，其實我一直都在說謊。

我之所以會找上命運製造公司，的確是因為想與我那朝思暮想之人有所接觸。但那個人，其實就是羅恩你啊！」

羅恩在遠處看著少女與男子幸福笑著的背影，竟不自覺地產生了這樣狼狽又毫無意義的幻想。

連自己都覺得自己傻得可以……

是別有用心也好，是巧合也罷，「命運製造公司」給予人的僅是一個開始的契機。而沒有勇氣付諸行動的人，是無論幸得多少機會也無法實現目標的。

魔女莉莉無法去愛

「愛」究竟是什麼，莉莉可能永遠無法明白。

身爲魔女的後嗣，莉莉與他的同胞們被傳說故事記載爲邪惡的一族。又因爲過去曾有動了惻隱之心而陷入人類陷阱的借鏡，因此族內更強硬規定不得提及有關「愛」的字眼。

靠著魔法與咒術的力量，魔女一族與當地人類政權長期維持著相互抗衡的關係。

莉莉年幼時，心中曾一度對善良保有憧憬，總向大人說著想以寬容與善意向人類談和。

然而這樣的想法實在是太過天眞了。

隨著時代變遷，現代科技的力量已遠超過魔法。魔女一族大勢已去，終究被人類逼到走投無路，落到得往後山森林隱身的地步。

莉莉的同胞們一一選擇妥協，拋棄了魔女的身分。

在神聖之雨的洗禮下，魔女那「邪惡」的本質得以被淨化——將一切負面思想拋去，重新以良善的人類之姿活下去。

那或許是正確的選擇，但莉莉卻做不到。他無法輕易放棄祖先捍衛下來的土地，放棄一直以來所堅持的一切。

於是在事過境遷後，終究只留下莉莉獨自一人度過這逾百年的時光。

從小聚落變成工業區，再從工業區變成高樓都市……這片土地一年比一年輝煌，卻也越發骯髒，逐漸失去了它原先的美貌。空氣汙染、氣候暖化，這座曾是童話故事發生之地的北歐小鎮再也無法降雪了。

不斷受到現實的打擊後，莉莉終於開始怨恨了。

他發現比起善意，仇恨與反抗更能成爲保護他們的武器。

於是莉莉的做法從原先趨於保守轉爲極端，他開始不時到城市作亂——破壞那些散發汙染的工廠，對人類領導者施以詛咒之法……久而久之，莉莉的魔女之名便變得越發惡名昭彰。

莉莉恨破壞他家園的人類，也恨那些離開他的同胞，並不斷向世間傳達著他的悔意。

埋怨生不逢時，埋怨常理，埋怨爲何生而爲魔女，埋怨爲何要在乎那麼多的自己。

即使這樣的報復行爲逐漸失去意義，最終僅淪爲發洩的手段，莉莉還是不斷向世間宣洩著他的恨意。

然而隨著他的行爲越發張狂，他便越發察覺不論自己如何反抗，那些既成的事實都不會因爲他的舉動而有絲毫改變……

莉莉累了。

他決定不再當魔女了。

在某個沒有月光照耀的新月之夜，莉莉獨自向上天懺悔，於是天空開始降起了淨化之雨。

隨著雨滴輕撫莉莉，過往的所有記憶與情感頓時從心底湧出。

那是一路以來磕磕絆絆的行走痕跡，不斷跌倒又再次站起的無力倔將。莉莉的反抗過程是那麼的狼狽，狼狽到令他不禁流下了淚水。

即使殘破，即使如此的沉痛，那都是他無可取代的自我堅持……

莉莉終於發現，這不斷摧殘著他的悲傷的眞實樣貌，原來是擁有多大的在乎才會產生的強烈感情。

那份責備的背後有的是更勝於他人的關注，那看似失落的表象也是源自於與之相稱的期許。

莉莉這才了解，原來這樣痛徹心扉的恨意正是他表達愛的方式。

即使僅能訴諸埋怨，即使不斷爲之流淚，那都是一種愛的形狀。

他終於明白原來自己比任何人都要恨著這個地方的同時，卻也比任何人都要愛著這個地方……。

莉莉的所有情感於夜空中蒸發，然而這強烈情感並非炙熱，而是過於冰冷，冰冷到使空氣中的雨滴逐漸結成了雪。

那是小鎭許久以來終於盼得的，下著皚皚白雪的冬之夜。

＊＊＊＊＊＊＊＊＊＊＊＊＊＊＊＊＊＊

莉莉不會再悲傷了。

他拋下了所有的負面情緒，成爲了一位只會往好的方面想的人。

如果說這片土地未來將變得越來越混濁，那也是無可奈何的事，畢竟這就是進步的代價，是無法被改變的事實，又何苦去反抗呢？

現在的他會去想，就這樣放棄堅持而隨波逐流不也挺好的嗎？

即使未來再次被他人背叛，莉莉覺得自己也能輕輕笑著帶過了。

因爲不再對世間有所在乎，因此不論是快樂還是悲傷，他都不用再去承受了……

魔女莉莉再也無法去愛了。

殺人魔兔兔先生

「昨天晚間於約克市酒吧內發生了一起殺人案，根據警方判斷爲與上週同一起連續殺人事件。」

新聞媒體不斷播放著案發現場的驚悚場面，而透過螢幕監視器能反覆看見畫面中一名拿著凶器，戴著兔子頭套的男子。

「本次死者爲五十二歲的保羅．費許，據事後調查發現死者有長期家暴傾向。這已經是『兔兔先生』於今年犯下的第四起殺人案了，然而其眞實身分目前仍無從知曉……。」

＊＊＊＊＊＊＊＊＊＊＊＊＊＊＊＊

兔兔先生不是個都市傳說，而是眞實存在於這個世界上的。

連續幾起兇殘的殺人事件，都是由那名帶著兔子頭套的男子所犯下。

即使目標對象各個毫無關聯，卻似乎並非隨機挑選——多名死者生前爲位高權重者，然而經過警方調查，才發現背地裡都有著甚爲惡劣的作爲。

家暴、暴力討債、不適任教師、暗通款曲的司法人員等等……

這使得兔兔先生被網路塑造成一位私刑正義死神。

然而，約克市警方對於兔兔先生悲劇英雄的形象簡直嗤之以鼻。

他們發誓定要逮捕這名罪大惡極的兇嫌，也爲此進行了大規模的搜查行動。

既然死者生前都曾與人結下仇恨，那麼「復仇」便成爲了最有可能的行兇動機。

然而這幾起案件除了皆爲兔兔先生所犯下外，卻不見其他共通點。

而各死者生前曾欺壓過的被害人，於案發當下也都剛好有著完美的不在場證明，因此排除此案爲報復行爲的表現。

難道兔兔先生眞爲死神降臨？

＊＊＊＊＊＊＊＊＊＊＊＊＊＊

「於上一起事件發生後兩個月，第五起兔兔先生案再度發生，死者據悉爲長期從事高額放款的黑幫老大……目前約克市警局已出動全員包抄於案發大樓周圍，雙方僵持對峙已近十小時。」

隨著網路媒體大肆宣揚警方行動，原先擬定的作戰計畫也一併被大樓內的嫌犯得知了。警方人員不得已只好放棄談判而直接持槍衝入大樓內。

警方於五樓瞥見兔兔先生的身影，雙方開始了一段持久不下的攻防戰。最後這攻防戰於一聲槍響正中了兔兔先生的腹部後宣告結束。

警方人員第一時間並非是去保護人質，而是奔到已臥倒於地的兔兔先生身邊，立刻摘下了他的頭套。

「……兔兔先生是名女性？」

率先行動的那名警員驚訝地說道。而其他幾人也好奇地在一旁打量，一窺這名傳說中死神的容貌。

「長得還蠻正的啊！」

「所以我們不該叫他兔兔先生，而是兔兔小姐的。」

「說到底到底是誰幫他取了這個稱號的啊哈哈。」

「不對……」

只有至今仍站在原地不動的警長發現了異狀，以帶著顫抖的嗓音說道：

「他是費許太太。」

「誰？」

「第四起案件死者的欺凌對象，也就是上一次有不在場證明的嫌疑犯！」

交換殺人。

並非是單人犯案，而是多人聯合的犯罪行為。

以互相殺害彼此的目標對象躲避動機嫌疑，同時又能確保自己想剷除者也能被解決。

在這之下，沒有人的仇恨能不被了結，卻也沒有人能從罪惡中逃脫。

那是以多麼龐大的人力與多麼深沉的仇恨才能造就的殺人手法。

「你們就一輩子追著兔子跑吧……。」

費許太太在最後僅留下這句話便斷氣了。

的確，或許只要透過這次的線索便能將背後的聯合團體一舉攻下，然而警長深知這只是沒有意義的補救罷了。

兔子從不該出現在這個世界上的。

並非亡羊補牢，而是打從一開始便必須避免復仇者的誕生。

只要這世上還有兔子存在……

仇恨的連鎖便永遠沒有終結。

你是唯一

我，本院婦產科唯一的男性醫師，從醫近十年第一次遇見如此荒謬的事。

「醫生我說的是眞的！我原本是個男的，結果一早醒來突然變成女的了！」眼前的女學生強忍著淚水如此說著。

這算什麼？傳說中的性轉嗎？醫生我可完全不會處理這種青春期妄想症啊。

「你要不要先回去跟你父母談談啊？」我隨口回答。

「我不想讓父母見到我現在的樣子……。」

說實話我很想盡快打發他走，於是只好不負責任的說著：「畢竟是自己的親生孩子，就算外表改變了也不重要……」

「外表怎麼會不重要？」那位女學生卻毫不猶豫的反駁了我：「外表也是一個人組成的一部分啊！」

在說這些話時，他的態度已從原先的混亂轉爲鎮定了，這讓我有些吃驚。我想此刻最爲不安的人肯定是他吧，然而他卻與我的逃避心態不同，願意直面這擺在眼前的事實。

被這生澀卻倔強的神情所打動，我也不由得相信他的話了。

＊＊＊＊＊＊＊＊＊＊＊＊＊＊＊＊＊＊＊

那孩子的名字叫王治男，因爲拿來稱呼現在女性外貌的他有些違和，我便索性都喊他「小南」。在性別還沒換回來之前，小南他決定暫時寄住在我家。

老實說與他共處的每一天，可說都是夠折騰的——從如何穿內衣、上洗手間的方法、到想盡辦法說服他去洗澡等等，即使是這種再普通不過的日常也都要重新學習。在一旁陪伴他摸索，看著他一副困擾卻又不得不嘗試的惱羞模樣，我不時被逗笑了出來。

不只是對於他，這對於我來說也是個全新的體驗。

週末夜晚一同窩在客廳，輪流選一部B級片觀賞，不知不覺已成爲了我們的習慣。

「醫生，我問你喔。」他隨意靠在我身上，一邊看著電影裡的巨型蟑螂怪一邊說著：「如果我不是變成女生，而是變成一隻蟑螂的話，你覺得我的父母還會愛我嗎？」

「……別說什麼愛了，我看不打死你就已經是他們最大的慈悲了。」

聽到我的回答後，他賭氣的把沙發枕砸到我臉上，而我也不甘示弱的回砸他，兩人就這樣打打鬧鬧了好一陣子，在沙發上縮成了一團，很是幼稚卻又如此單純。

我竟情不自禁的吻了他。

我喜歡他總是對我直言不諱，也喜歡他偶爾孩子氣的一面。

喜歡他朝我揮動的小手，還有笑起時的合不攏嘴。

我常在想，如果我們相遇的時間、場合、我們倆的面容有任何一絲一毫的改變，我還會就這樣墜入愛河嗎？

這對於普通情侶來說或許只是個沒意義的情趣假設，但對於我而言卻是總有一天不得不面對的問題。

＊＊＊＊＊＊＊＊＊＊＊＊＊＊＊

事情發生得如此突然，早上起床時已不見小南的人影了。

桌上僅留著一張寫有「這些日子以來謝謝你。」的紙條。

我趕緊衝出門尋覓，卻怎麼找也找不到他在哪裡。天眞的我原以爲總有一天定能與他再次相遇，直到一次又一次的撲空後，我才意識到那熟悉的身影再也不會回到我身邊了。

小南就這樣澈底從世界上消失了。

直到許久後的某天，我在醫院外遇見了一名男孩。

「醫生！我是小南啊！」

男孩衝向前將我緊緊抱住，瞬間我明白了發生了什麼事。

眼前這名男孩便是我久久尋覓的女孩。

即使那是我心心念念之人，即使已在夢裡與他重逢過無數次了，
此刻被擁抱的觸感卻陌生得令我害怕。

「……你不是小南。」

我知道他理應是我熟悉的人格、我知道他們擁有相同的靈魂、但還是……
「對不起，我無法把你當成小南。」
我狠心的將他推開。而他僅是緊咬雙唇，隨即逞強著對我說沒關係。
我想他肯定被我傷到了，但我無法對自己的心說謊，更不想以帶著疙瘩的心態面對他。
如果我們相遇的時間、場合、任何細節有一絲一毫的改變，我可能就不會愛上他了……

但正因如此才更顯得「此刻」是無比的可貴。

「王治男！」
我連忙叫住他遠離的背影，滿腹悲傷卻又感念的大喊：
「雖然我無法把你當成小南。」
兩人共處的每一刻都是獨一無二的。

「我也知道小南他再也不會回來了。」

正因爲是心愛之人，所以才誰也無法取代。

「……但我很樂意去認識現在的你！」

他接收到了我的想法，在停頓了一會兒後才轉過頭來。看著他努力強忍淚水的模樣，我不禁回想起了我們初次相遇的那一天。

接著他露出了微笑。

笑容與過去不同有些含蓄，大概是因爲第一次以眞實容貌面對我吧，然而那總是認眞面對一切的態度卻依舊不變。

接著他以我未來將無比熟悉的聲音大喊：

「請多多指教！」

一切就交給特務遞送專員吧！

你知道嗎？在那節奏規律又緊湊的都市裡，「特務遞送專員」們正每天穿梭於大街小巷，執行著各式各樣的遞送服務。

所謂特務遞送服務，該說是有點類似客製化的宅急便嗎？總之「不論是什麼樣的包裹，我們保證百分之百安全爲您送達」似乎是他們的口號。

鮮少人知道，這個都市之所以能夠不斷運行，都是因爲有著他們在暗中行動。

然而作爲剛正式錄取遞送專員的李維，卻沒有信心自己能否勝任這份工作。

當初在面試時，不小心脫口說出了「如果遇到可疑的委託物便有必要拆開來確認」的回答，因而被學姊葉果用力痛罵了一聲：

「小子，你眞的清楚做這行業的覺悟是什麼嗎？」

從此之後，這句話便成爲李維心裡拋之不去的一道難題。

＊＊＊＊＊＊＊＊＊＊＊＊＊＊＊＊＊＊＊＊＊＊＊＊＊＊＊＊

現在時間是下午四點，距離與委託人約定好的時間只剩不到兩小時，然而葉果與李維兩人卻正被人追殺著。

後方緊追而來的是一臺 550 cc 紅牌重機。

「學姊，我們快要被追上了！」

李維雙手緊抱一只牛皮紙袋，氣喘吁吁的對著身旁的葉果說道。這是他正式任職後的第一份委託，同時也可以說是抽到了下下籤。

僅是在紙袋上標明「於今晚六點將文件送達機場第二航廈」，甚至沒有標示寄件人姓名……這疑點重重的委託因爲葉果堅持接下，李維也只好硬著頭皮上場。而如今接二連三被神祕人士追擊，更加證明了其中的可疑。

「李維，下個轉角你聽我指示……」

葉果交代了李維待在原地不動，而當機車正準備衝撞李維時，葉果頓時從一旁屋簷上頭跳下來，右腿用力地朝騎士頭部踹去。

騎士一個重心不穩摔了出去，而葉果則在完美的翻身落地後，隨即抓住李維往一旁的窄巷躲去。

「我說，被人追殺是特務遞送工作的常態嗎？」逃跑之餘李維忍不住問道。

「偶爾是會遇到呢。」葉果苦笑著回答。

『……因爲我們的工作只是負責運送，不得干涉包裹裡頭裝的是什麼嗎？』李維有些不滿的想著。『不論其中裝的究竟是什麼樣的感情、冀望、甚至是利益……』

＊＊＊＊＊＊＊＊＊＊＊＊＊＊＊＊＊＊＊

現在時間是下午五點。距離交貨時間只剩不到一小時，兩人即時搭上了前往機場的計程車，卻不幸遇上下班車潮，卡在高速公路上動彈不得。

「再這樣下去會來不及的……。」坐在後座的葉果口中唸唸有詞，只能不停地思考著解決辦法——是要打電話告知委託人可能會延遲交件嗎？不行，他們根本沒有委託人的聯絡方式；還是要宣告任務失敗，事後再向對方道歉？但若如此他一定會無法原諒打破這行業鐵則的自己……

「學姊，走吧！」

而就在這一陣焦慮之時，李維突然伸手拉了拉葉果。「我們的工作是要保證準時將包裹送達對吧。」即使不斷的冒著冷汗，他還是鼓起勇氣的說：

「我們下車用跑的吧！」

於是兩人便就這麼跳下車門，沿著高速公路路間奔跑了起來。

一路上葉果不敢置信的看向李維，完全沒想過那個保守的學弟居然會提出如此大膽的決定。

距離下交流道處還有四公里，是體力尚能撐住的距離。即使感到喘不過氣，兩人還是秉持著對這份工作的執著與信念，拚了命地向前邁進。

而原先對於委託能否達成還有所疑慮的葉果，在看見李維那率直的身影後，心裡也不禁再次燃起了希望。

****

順利奔下交流道後，兩人不顧旁人指點迅速攔下了一臺計程車朝機場前進。

即使在高速公路上狂奔的經驗有多瘋狂，都不是最令他們震驚的——

「總、總統先生?!」

於第二航廈等待著他們的居然是國家元首。

對方連忙示意兩人放低聲量，並將口罩拉高以免被旁人發現。總統向兩人解釋這只紙袋裝的是前陣子祕密簽署的國際協議公文，幾天後便會正式於新聞發布。

在目送總統離開後，李維並沒有回過頭，只是繼續凝視著前方悄然問道：

「學姊你……有協助運送過不好的東西嗎？」

「有喔。」葉果輕聲回答：「怎麼，對這份工作感到失望了嗎？」

許久的沉默過後，此時李維終於肯轉過身來直視葉果：「其實我到現在還是有點迷惘。身爲特務遞送專員，如此義無反顧的爲雙手捧著的未知賣命，眞的是正確的嗎……？」他誠實的回答，並在深吸一口氣後，以再堅定不過的語氣說：

「然而爲了尋找這個問題的答案，我會繼續做下去的。」

聽到了這樣的答覆，葉果忍不住笑了出來。

『當初那個懵懵懂懂的學弟，如今也已經有所成長了呢。』如此想著的葉果，以帶著無比驕傲的笑容向李維說：

「你已經是一名合格的特務遞送專員了！」

即使未來可能還會有更多難關出現，但那肯定都會變成一次又一次精彩的冒險。保持並貫徹著自身信念的特務遞送專員們，如今仍每天賭上自身，將這些重要的包裹交到應擁有它們的人的手中。

以上純屬虛構

不知從何時起，我的世界總是透過鏡頭窺視的。

在這無趣到令人發瘋的現實世界裡，每天過著甦醒、工作、進食並再次入睡，甦醒、工作、進食並再次入睡的循環，人的一生便這樣莫名其妙地過完了。或許有人會說平凡的生活即是幸福……

但我可無法接受。

只有透過攝影機及後製技術所打造出的世界才能滿足我的期盼。

這樣的我被世人歌頌爲一位風格強烈並具末世美學的電影導演，但他們不知道這其實只不過是我喘息的手段。

不斷拍攝著各式各樣的爆破場面、災難降臨、外星人入侵、以及人類末日的場景……

或許我隨時都在期待著毀滅來臨吧。

＊＊＊＊＊＊＊＊＊＊＊＊

群眾募資達上億元，更受到政府及廠商的極力贊助，我目前正在籌備的這部災難電影，被媒體形容肯定能再創國內影壇高峰。

我們劇組一群人在深山一角進行著爲期三個月的拍攝。

看著眼前實力派演員們一一賣命演出，以及技術團隊的精心雕琢，我相信如果是與他們一同打造的世界，勢必能深刻的撼動我心吧。

『所以呢？這又能改變什麼？』

獨自站在懸崖邊抽菸，從這裡一窺山下的景色，是那雜亂又混濁的城市。

那被壓力所籠罩、一個個愁眉苦臉的路人、無趣到令人反胃的世俗，才是我所處的世界。

有人說多愁善感是創作者的天賦，但我倒覺得稱作「原罪」還比較貼切。

在我的指揮下，演員們不斷假冒各自的身分、燈光打著虛假的太陽、後製再做出逼眞卻不切實際的特效……

『我在建造的，不過是座虛假的樂園吧？』

每當看見落幕過後，螢幕上出現的「以上純屬虛構」標示，我便只會越發感到空虛。

如果說嘗試從這現實的囚禁中逃離，如果說我就此墜落，是否有一瞬間能不透過鏡頭，而是眞實見證這世界崩壞的一角呢……

「導演!!」

頓時，我感到臂膀被誰猛然抓住，回頭一看是那名主演的年輕演員。

「導演！您打算做什麼！」

他激動地將我往後一扯，使得我們倆整個人往後重摔。

「我們還需要您的帶領啊！」

「不，我其實只是想彎腰綁個鞋帶而已。」

被他這樣一搞，害我好不容易培養起的憂鬱情緒全被破壞光了，我有些氣憤，然而抬起頭一看見他如此擔憂卻又執迷不悟的眼神後，我不禁笑了出來。

眼前這位總是橫衝直撞的年輕演員，是我在演藝圈從沒接觸過的類型。即使常因自己的直言不諱搞得輿論沸沸揚揚，但他卻每每都能用演技證明自己的專業。

我從他認真積極的態度以及他所散發出的明星氣場中讀出他的氣宇不凡，以及他對生命的熱愛。

他的未來究竟能走得多遠呢？

如果說我們身處的不是這個平凡世界，如果說末日眞的到來，那我或許就沒機會見到他未來發光發熱的姿態了。

這樣一想，便覺這世界似乎也不是那麼沒意義嘛？

他比我率先站起，接著伸出手想拉我一把，而我也回握了他的手。

若他們這些年輕人能在現實世界中活出精彩人生，而我能有幸在一旁見證，那也未嘗不是一種幸運。

這樣就夠了，這樣的生活便是一種奢侈了。

＊＊＊＊＊＊＊＊＊＊＊＊＊＊＊＊

但是啊，當從未料想過的末日那刻眞正來臨時，剎那間天崩地裂，一切支離破碎。那還在建築中的石化工廠整個被摧毀，坐在辦公室裡的職員被迫放下工作，所有人只管逃亡、尖叫四起，而我也實際參與在其中……當察覺這反覆無盡的日常終於被打破，當看見電影裡的畫面眞實呈現在我眼前時……

我居然還是不由自主的感到興奮。

這樣不合常理的念頭，我也沒有機會說出口了。

第二章　異國物語

卡農與熄滅的城市

世界是如此的廣大，演進亦深不可測。自文明初始，人類便分別在地球各個角落創建了自己的社會，並在千年來不斷繁榮興盛。

而在近百餘年的時光裡，更因爲交通發達，網路興起，世界各文明相互碰撞影響，逐漸形成了一個共融圈，人類社會以歷史上最快的速度前行著。

這廣闊無垠的世界，肯定不是人短暫的一生能全然見證的。

但卻有一名旅人，發誓要親身踏遍這世間所有的土地。

那旅人的名字叫卡農。

你或許不相信，但卡農他天生擁有能夠預知「悲劇」發生的能力。一旦他於夢中預知到何處即將發生災難，他便會立即啓程前往該處。並不是因爲他將這份能力視爲自己出生於世的使命，也不是他有多見義勇爲，他心中最大的期許，僅是親自參與人類爲了避免災難而實行的舉動與辯論，並見證文明進步的過程。

美國紐約。

將它稱之為現今世界的中心一點也不為過。做為世界第一大國的首都，舉凡政治、經濟、教育、藝術等領域，都位處人類文明先鋒。有人說紐約是文化的溫床，時時刻刻都在醞釀著新興藝術的產生；也有人說紐約掌控了全球近半的金融資金，即使只有一瞬間停擺都會造成莫大的損失。

然而如此一座舉足輕重的城市，卻被卡農預言了即將迎來為期三天的大停電。

卡農向美國國會進言，因為他的名聲在政府高層有一定的知名度，國會很快便透過特別法允許了卡農的提案，聯合各電力公司與州警署開始為事發進行預防。

在所有有關單位的配合下，狀況看似盡在掌握之中，城市順利度過了預言發生之日。

然而當所有人以為事件成功落幕，放鬆警戒準備慶祝時，城市卻突然熄滅了。

所有大樓光芒瞬間消失，商圈的大型電子看板也化為漆黑，交通號誌中斷更造成嚴重堵塞。即使電話系統在部分地區尚可使用，但由於過多人通話造成承載過量，最終也因超出負荷而停擺了。

電視媒體利用僅存的電力大肆報導著停電新聞，直指這場大斷電少說影響九百萬人，經濟損失至少上億美元，更提出紐約市若全面停擺超過一個月，便可能使人類文明趨於崩解。

市民們利用手機在網路上發言，有些人抱怨斷電的不方便，也有人樂在其中；有些人藉機做政治炒作，也產生了不少子虛烏有的末日預言……不論如何，隨著手機電量用盡與無法充電的窘況，一切嘈雜都在一天內化為無聲。

這大概是這座城市自二十一世紀以來最孤獨的瞬間。

＊＊＊＊＊＊＊＊＊＊＊＊＊＊＊＊＊＊

位於紐約州郊區的沃克能源電廠，如同紐約其他角落般一片黯淡。唯有工廠主塔，穿過無數管線電路後到達的頂樓平臺，微微閃爍著依稀光火。

一名長相普通的中年婦人正站在那，手中拿的燭火隨風搖曳。他像是在沉思，也如同在祈禱般，佇立於欄杆旁凝視著遠方黑暗的城市。

「你就是肇事者吧？」

婦人轉過頭，見一名青年從鐵門後頭走了出來。因為前陣子被新聞大肆報導過，因此婦人知道青年的名字叫做卡農。

卡農一步步走向婦人，並面色凝重地說：「是你在交班時刻意不當更換卡片，才造成機組全數跳停對吧？」

卡農在夢中看到，作爲工廠清潔工的婦人長年摸索出電廠線路老舊的部位，並抓緊守備鬆懈之時作案，使上層無法得知故障事發之處而未能排除。

這並不是一時半會的隨意舉動，而是經過長時間安排的縝密計畫。

卡農無法理解婦人的作爲，將他認定爲唯恐天下不亂的愉快犯。「你知道你這樣自私的作爲會造成世界多大的損失嗎？」卡農攫住婦人的衣領，將憤慨化爲大吼：「這本是可以被避免的人爲悲劇啊！」

「這就是你所謂的悲劇嗎？」

婦人僅是呢喃一聲。他緩緩將手指向天空，並向卡農說：「但仔細看。」

卡農順著婦人所指的方向抬頭一看，眼前所見的，是清澈無垠的星空。

黝黑的夜晚被無數星光點綴，清澈到好似能望穿宇宙。

西半邊天空高掛的月亮，圓潤優雅又寧靜的透著光暈。仔細往東邊一瞧，居然又瞥見了銀河與人造衛星，為地球帶來彼方的信息。

那一明一滅綻放著微弱光芒的夜空，如同兒時把玩在指尖的萬花筒，也如同我們不知不覺失去的初心般。

這是平時這座城市絕對見不到的光景。

對於卡農抽象的質問，婦人直接以無盡的夜空作為反駁證據。看見卡農那僵硬呆滯的表情，婦人只是輕笑了一聲說道：

「人類在汲汲營營追求進步下，居然放棄了這般美麗又純粹的極致景色。對我來說，這才是所謂的悲劇。」

＊＊＊＊＊＊＊＊＊＊＊＊＊＊＊

經歷了整整三天的停電後，紐約市的電力終於在第四天上午四時全數恢復。

新聞報導表示，即使在這場大斷電下無人傷亡，但因為造成股票看盤及統計學上過於龐大的數字損失，那位肇事的清潔工婦人最後還是被法院判刑了。

沙漠生存守則

沙漠生存守則之一，便是找到一個以之爲目標之物。

身處於如此荒蕪又嚴酷的沙漠中，人們容易變得無法認清方向，因此必須緊握心中那份堅持與目標，才不會迷失自我。

對我們這種探勘隊而言更是如此。

以資深隊長爲首所率領的五人小組，從三年前起便擔負了荒漠探勘工作，在撒哈拉沙漠中尋找傳說中的寶藏。

團隊裡的成員們各個爲精英研究學者，即使最初對這嚴酷的環境仍有一些不適應，但日子久了，如今也已各自具備在沙漠中生存下去的能力。

而我，則是擔任爲他們指引方向的嚮導。

我曾是一名迷失了目標的浪人。

被驅趕出了部落，僅能以狩獵維生，獨自一人在這片荒漠中苟且偷生。

然而他們卻接納了我。以我熟識沙漠生態爲由，邀請我加入他們的團隊。

於是我終於再次開始了團體生活。

我與他們這些學者大相逕庭，絲毫無考古與探勘的相關知識，然而在日復一日於沙漠中慢行，時而戒備時而鬆懈的日子裡，我卻從他們身上習得了過去從未知曉過的人際感情。

冷冽而嚴峻的黑夜，又隨之熱浪來襲……這黃沙滾滾的世界，遠不是常人所待得下去。

於沙漠中匍匐前行，數年的光陰荏苒過去，最後我們終於抵達了地圖上所標示之處。

「我下去看看吧。」我自告奮勇擔任探勘先鋒，在備齊鋼索保險後，獨自一人深入地底。

通往地底的洞窟窄得僅容得下一個人，腳下盡是無盡的黑暗，我小心翼翼的踏著腳步，雙手緊抓救命之索，直到終於踩穩了地面。

那是一個狹小，卻如殿堂般神聖莊嚴的密室，其中擺放著一盒寶箱。

看著那鑲滿古代符文的寶箱，我不禁心生敬畏，然而與之同時心中又有另一股躁動浮現。

我想探勘隊成員們的所有希望與夢想，全藏在這個箱子裡吧。

我屏住氣息的打開了箱子……

＊＊＊＊＊＊＊＊＊＊＊＊＊＊＊＊＊＊＊

獨自坐在營火堆前，我抬頭看著夜空中的繁星光點。

這時隊長從帳篷處走到了我身邊坐下。我將熱好的水倒入杯中給他。

我們倆就這樣望著遠方沉默了好一陣子。

「你知道嗎。」此時隊長突然開口：「其實沒有找到寶藏讓我鬆了口氣。」

我轉頭看向隊長，似乎能瞧見他眼中倒映的一絲微光。

「我這輩子都以找到寶藏爲目標。」隊長以不勝唏噓的語氣說著：「如果眞的如願找到了寶藏，老實說我便不知道我的生命還剩下什麼了……。」

我沒有回話。

我其實也有個祕密。

與探勘隊的成員們以寶藏爲目標不同，在這趟旅行中我也同樣擁有尋求之物——

那便是與他們一直在一起。

長久以來習慣了無盡的獨處時光，我原以爲那便是我的生存方式，然而僅是幾年的相處歲月，便讓我澈底明白了何謂寂寞。

與他們共存的每一日，不知不覺已成爲了我的沉醉之物。

我知道這趟旅程結束後，我們便從此失去了交集。

那麼即使一切只是如同海市蜃樓般的幻影，即使必須訴諸謊言，我也必須緊握這最後一條救命之絲活下去……。

其他人呢？他們又有何作想？

是否也同樣在依靠著什麼咬牙撐過每一天呢？

寶箱裡究竟有沒有寶物，或許從來不是重要的。

因爲在這如荒漠般迷濛踉蹌的世界裡，人們都必須尋找個目標之物，才有辦法活下去。

屬於你的假面舞會

水都威尼斯。

停留在河畔的貢多拉船，被五顏六色的面具所渲染的嘉年華會……這些都是幾世紀以來不曾改變過的色彩。

鮮少人知道的是，在慶典之餘，城邦每晚也都在舉行著假面舞會。

不論是貴族或是平民，所有人只管於廳堂中自在起舞。在這個人們能隱藏起各自身分的場所，一切情感交織而生，同時也激盪出許多的故事。

＊＊＊＊＊＊＊＊＊＊＊＊＊＊＊＊＊＊

奎妮小姐總是無法持續愛著同一事物。

身為威尼斯大勢貴族的千金小姐，奎妮從小便接觸過各式各樣的才藝，諸如繪畫、馬術及琴藝等，或許一開始十分投入，但總在熟悉了一段時間後便逐漸失去了興趣。

對於人也同樣是如此。

瞻仰著奎妮美貌的追求者數不勝數，而奎妮亦曾心動過，但不知為何的，奎妮的感情總是無法持續到永久。

奎妮是如此崇尚著永恆之愛，但他卻做不到。

久而久之，奎妮小姐放棄了尋找單一伴侶，而選擇戴起面具，每晚穿梭於假面舞會之中。

大齋首日是公卿家的兒子，隔天是鄰國的約翰王子、商業公會的馬可先生、旅行者勞爾雷斯……隨著眼前一副副迥然相異的彩繪面具，底下的身分也每晚都不同。

其中富斯坦家的夏恩侯爵可能是歷來與奎妮伴舞最久之人。

接連三夜的攜手共舞，兩人皆不曾移開對視的目光。眾人看著奎妮與夏恩侯爵翩翩起舞的姿態，心想難道夏恩侯爵便是奎妮的命運之人？

然而在懺悔節當天，兩人還是不告而別了。

奎妮害怕著向人傾訴好感。

他知道自己是如此的殘忍，殘忍到即使此刻對眼前那人深愛不已，隔天可能也會不再抱有好感。

因爲不知這份感情何時會消散、因爲總有一天會傷了自己的心愛之人，因此他寧願選擇輕手埋葬掉自己的心意。

****

在迴盪著交響曲的舞會中，似乎隱約聽到了有誰在竊竊私語。

「那便是傳說中的濫情小姐嗎？」「今晚又是不同的伴了啊。」「那位似乎是來自東方的卡拉富侯爵，面具上的花色眞是與眾不同。」「將今晚獻給奎妮小姐眞是太可惜了。」

奎妮早已習慣這些蜚短流長了，他也不願去多做反駁，因爲他知道自己便是那些人口中所道出的模樣。

然而卡拉富侯爵卻不這麼認爲。

「請不要這麼說。」卡拉富侯爵阻止了閒人的發言，在眾目睽睽下以再眞摯不過的神情說著：「我認爲這世上再也沒有比奎妮小姐還要更値得被愛的人了。」

舞會中的眾人皆被侯爵的深情所感動，然而奎妮卻害怕的逃走了。

看著奎妮倉皇離開的背影，侯爵僅是含情脈脈的目送他離開。

奎妮小姐今晚也不願意做出誓言。

「夏恩侯爵……不，今晚應該稱呼您爲卡拉富侯爵嗎？」

侯爵的隨從們無法明白主人爲何執意傾心於一人，只是聽命製作著一副又一副的彩繪面具。

面具與禮服的花色每晚都有著天壤之別，因此不會有人察覺那其實是由同一人所扮演的。

……只有透過面具縫隙所流露出的眼神無法騙人。

「我想奎妮他，應該早就隱約有察覺每晚共舞的其實是同一人了吧，但總是害怕著承認，遲遲不敢踏出改變的那一步。」

然而就連膽小這點都是如此令侯爵愛不釋手。

奎妮小姐害怕著「習慣」。

若熱情逐漸淡化成習慣，那麼愛會不會將不復存在呢？這便是奎妮小姐最不樂見的事。

但沒事的，不需要那麼小心膽怯，儘管放手去愛吧。

只要嘗試直面這毫無虛假的愛意，只要往後也願意繼續牽起同一隻手共舞——

他將會發現，「習慣」亦是件如此美好的事。

青與藍

對默羽而言，師父曾是他的一切。

在那動盪不堪的十國八代，朝代更替頻頻不絕，即使這混亂由江氏政權統合天下歸一，仍不免淪於秩序下的罷權專政。生而為亂世孤兒的默羽，從小便篤定自己即使最終成為路邊餓殍也不足為奇。然而師父卻找到了他。

在一次劫盜事件中，作為一代名將的師父因為意外看上默羽的箭術潛能，因此決定收默羽為養女，並親自提攜他。

從此以後，默羽的世界便有了十萬八千里的改變。

「破綻太多了。」

這是練箭時師父最常予他講的一句話。

從最初磕磕絆絆的緊隨，於日復一日的鍛鍊下，默羽逐漸能跟上師父的步伐了。

不只是默羽的命，乃至於他的價值觀，甚至是對於正義的追求，可說都是由師父所給予的。師父教導他生而為人的道理，指點他如何面對善惡。而默羽也在自身的努力下，形塑了自己想為世間有所貢獻的理念，不久便同師父門後進入了皇帝親衛軍隊，成為一代箭術名士。

對默羽而言，師父是他的父親、是他的導師、他的長官，卻無法成為他的天。

隨著於親衛軍任職的日子越久，默羽越發察覺其中的不對勁。

在一次破釜沈舟的盤問下，他終於得知師父與齊下軍隊打算發起革命的事實。

默羽無法明白，出身貧困的他心知肚明，這雖說是個不好的時代，卻遠遠不是最壞的時代。

「那在推翻政權之後呢？」默羽滿腹不解的向師父問：「失去了統領，世間又將再次淪於混亂了啊……難道在此之後師父您打算自立為王嗎！」

「……這些都不能成為讓江氏政權繼續撒野的理由。」

師父是世間最瞭解默羽的人，反之默羽亦然，他清楚知曉自己的師父並沒有想稱天下的野心。作為一位體恤民心，願意為世人獻身的清官大將，他真的僅僅是想宣告一代獨權的再次終結。

然而兒時曾親眼見證過人間煉獄的默羽，在師父這一席話背後卻只能盼得以暴制暴的下場。

這是默羽第一次無法認同師父的想法，也從此使師徒兩人逐步走向分歧……

****

叛變的時刻來臨，由內部精英親衛所發起的革命，理所當然的比民反來得更加迅速澈底。

朝廷再次陷入火海，炮火轟鳴、硝煙瀰漫，在兩方互不相讓的廝殺下，屍橫遍野已成必然。不僅是敵方，己方也一併傷亡慘重。師父看著身旁一一倒下的同夥，即使痛心疾首仍拚命忍住哀嚎的衝動，他明白自己必須為這一切做個了斷。

突破了抵擋於前的層層把關後，最終師父獨自一人抵達了正殿。

那位罷統天下的皇帝，正凜然坐直於龍椅上。

師父在剎那間衝向前方，雙手緊握那把已沾滿鮮血的傳家寶刀，直直欲朝皇帝刺去。眼看即將拿下皇帝首級，然而對方卻依舊不為所動。當師父不禁心生懷疑時，卻已經太遲了。

一道宛若流星般的光線飛過，銀製箭頭瞬間刺入了師父的左肩。

又接連兩三箭頓時襲來，一一正中師父的臂膀。這對原本就傷得不輕的師父而言宛若穿石滴水，最終他還是因為體力透支而倒了下來。

鮮血逐漸從傷口流出，然而師父卻沒有吭聲，因為他覺察到了如此精準的箭術是僅有那人才擁有的。

「對不起……。」

悄然走向自己身旁的是自己再親近不過的徒弟。

「師父，眞的很對不起……但我眞的不想再看到這樣惡性更迭的循環了，仇恨是不會有終結的。」此時的默羽已無法止住自己紅得發燙的眼匡，淚滴撲簌簌地流著：「我想從內部改革，想以最能減少傷害的方式做出改變……。」

默羽僅能獨自嗚噎，然而他萬萬沒想到一旁臥倒於地的師父仍意識清醒，在默羽鬆下緊戒後瞬間拿起刀柄抵住默羽的頸頷。

「！」

「……破綻太多了。」

師父凝視著默羽的眼眸染上一層陰影，但他的雙手沒有顫抖。方才刺傷自己的箭杆仍不偏不倚的插在他心臟左方一寸偏差處。

他知道以默羽的技術絕不會產生這種偏誤，也知道自己被徒弟手下留情了。

頃刻對峙過後，師父收手將抵住默羽的刀刃收回，並低聲呢喃：

「下次見面時我會眞的動手的。」

他緩緩提起默羽冰冷的手，並將之重重地壓在自己的左胸口說：

「所以到那時，你也不要猶豫地朝這裡刺去吧。」

正因爲各自秉持著無法妥協的執著與理念，才有了不相爲謀的覺悟。

默羽緊咬雙唇，堅定地向師父點了頭。而師父則起身背離默羽，拖著傷痕累累的身與心奪門而出，帶著殘餘黨羽逃離了朝廷。

下次見面之時，兩人便是敵人了吧。

默羽收起了眼淚，隨即轉過頭呼聲指揮皇帝一派人馬重整勢態。黯然回首過往是不具意義的，因爲從今以後他必須爲自己在今日所做的決定付諸一切。

這個天下容不下兩個衝突的形體共存，或許彼此的未來只有對立一條路。

然而僅有一點是師徒兩人都未曾懷疑過的……

『與你相遇這件事，我從未後悔。』

天使的眞僞

如宮殿般富麗堂皇的加尼葉歌劇院裡，女高音的歌聲繞樑餘音。那清脆的轉聲與如同鳥鳴般的悅耳音色，迴盪於聽眾的耳畔而久久無法忘懷。

瓊安那高亢而溫情的歌聲被形容是彷彿天使才會擁有的天籟之音。

外界說瓊安這個人有多美好，說他是上天賜與現世的禮物，說只要聽過他的歌聲便能原諒世間的一切……神奇的是卻幾乎沒有人在歌劇院以外的地方聽過他說話。

瓊安在謝幕過後帶著沉重的腳步走向後臺，並將手中滿滿的捧花交給了在後臺等待的理央。

「你今天的表演還是一樣的美。」理央對著瓊安說，語氣中只有滿滿的愛意。

他是瓊安名義上的秘書，同時也是從小一起參加教會合唱團的青梅竹馬。

然而瓊安對於理央的稱讚卻毫不領情。「你這是在挖苦我嗎？」瓊安帶著酸意的說。

「我沒有這個意思……」

「反正這些掌聲本來也該是屬於理央你的。」

瓊安只留下了這句話，便當場將頭紗與跟鞋摘下，快步奪門離去。

理央的才能被發掘，是在十六歲時的冬天。

＊＊＊＊＊＊＊＊＊＊＊＊＊＊

明明已經過了變聲期，平時說話的聲音也確實從男孩的尖細轉爲低沉，不變的是卻依然能在歌唱時發出高音頻的聲響。

不僅如此，他的歌聲更隨著年紀的增長而越發美妙，越發突出。

記得在某次彌撒結束後，一名手拿名片的男子走向瓊安與理央兩人，因爲誤以爲歌聲是由瓊安所發出的而牽起了瓊安的手，激動地說：

「你的歌聲眞是太美了！應當讓更多人聽到才是！」

一切的一切便是從這裡開始。

即使在事後得知歌聲的主人另有其人，但以一位成年男性而言能發出如此的音色實在是太怪異了，因此那位經紀人堅持不肯由理央出道。

相反的，他卻也不願意放過瓊安那過於姣好的面容。

於是從此以後，瓊安的相貌以及理央的歌聲便化做同一人，誕生於這個世界上了。

＊＊＊＊＊＊＊＊＊＊＊＊＊＊

對理央而言，瓊安便是他的一切。

因為天生比起他人矮小，加上長相與當地人稍有不同，理央他從小便習慣了周圍人異樣的眼光。然而卻只有瓊安願意陪伴在他身邊。

看著瓊安發光發熱的姿態，理央他不但不曾埋怨過，還打從心底的願意將自己的嗓音奉獻給瓊安。瓊安之於他，便是如同天使般的存在。

然而對瓊安而言卻不是如此。

即使生長在優渥的家庭，擁有出色的長相，瓊安這一生唯一得不到的卻是他夢寐以求的歌聲。從小夢想成為女高音的他，在成長的過程中卻漸漸流失了原先清脆的嗓音，他的聲音逐漸變得混濁，變得沙啞，他甚至連在說話時聽到自己的聲音都覺得難堪。

久而久之，瓊安便也不再願意發話了。

對理央的感情從最初單純的同情，隨著自身名氣的高漲逐漸轉為複雜、扭曲，最後存留的只剩忌妒與怨恨了。

明明自己的心態是如此的不堪，理央卻依然將自己看得如此美好。

看著理央朝向自己的笑容與愛情，瓊安所感受到的卻只有滿滿的惡意。

於是瓊安他開始墮落了。

他交了一群不帶善意的朋友，整天只想著酒綠燈紅，過起了奢侈而糜爛的生活。

在理央的面前倒是仍裝得乖巧，依然是那樣的婉約而美麗。
而理央對於瓊安的變化居然也沒有絲毫察覺。

＊＊＊＊＊＊＊＊＊＊＊＊＊＊＊＊＊＊＊

平安夜裡，在那個下著皚皚白雪的夜晚，本當是瓊安出道十週年的紀念演唱會，然而在歌劇院裡苦苦等待著的樂迷們卻遲遲不見瓊安的人影。
經紀人苦於事態急迫，只好不得已決定本次演出由理央親自上場。
理央換上一席簡約典雅的純白綢緞禮服，披上絲質透明的烏干頭紗，喬裝成瓊安站上了舞臺開始歌唱。
原先有些顫抖的嗓音隨著熟悉了舞臺而逐漸自然。
他居然還能再發出更勝以往的高音。
『原來站在舞臺上唱歌是那樣的快樂。』
此刻的理央打從心底的感到幸福。
那帶著些許悲傷卻彷彿能包容一切的歌聲讓全場聽眾都爲之動容，連站在後臺的經紀人，在看見理央那被柔光照得耀眼的背影，也不禁呢喃道：

「……好像眞正的天使一樣。」

同一時間，瓊安正倒在歌劇院外幾公里處的小巷內。

在演唱會前被朋友慫恿去酒館喝酒，因爲一個不注意嘔吐在經過的路人身上，與對方起了口角衝突。

一陣慌亂中，瓊安不小心被對方手中握著的小刀刺傷了。

朋友與那些一同鬧事者們因爲太過驚嚇而連忙逃走，只留下瓊安獨自一人臥倒於地。

白皙剔透的雪片緩慢地降到瓊安身上，於他臉龐融化成一痕痕水跡，彷彿是在代替面無表情的瓊安流淚般。

明明正因血流不止而深受皮肉之苦，此刻瓊安卻覺得自己終於能從痛苦中解脫了。

沒有任何憤怨，也不帶任何遺憾的，逐漸閉上眼睛的瓊安，就這麼在一片安詳中離開人世了。

算是個人類嗎？

我叫金恩妍，今年十九歲，是韓國演藝圈當紅的人氣女星。

我懷孕了。

「你是瘋了嗎！」

經紀人在看完檢驗報告後整個人從椅凳上跳了起來，然而我的態度卻依然冷靜。

「我成年了不是嗎？」我理直氣壯的回答：「而且我也完全有足夠的經濟能力養這孩子啊。」

經紀人被我這態度氣得狗急跳牆，發狂似地對我大喊：

「被你的粉絲知道的話會想殺了你的！」

「爲何偶像結婚懷孕就得被拉黑呢？不該是我去向不合理妥協吧？」

眼看說不過固執的我，經紀人乾脆嚷嚷著要砍掉我的所有工作做爲威脅，但因爲這樣的選擇完全是出於我己意，我也不打算就此認命。

早在兩年前的那晚，我便已經與「他」約定好，必須成爲一名人類了。

父母不詳、原本作爲孤兒出生的我，在十五歲那年意外被現在的經紀公司相中。以團體之姿出道，沒多久便因高人氣而單飛……十七歲的我已成爲了史上最年輕的「青龍獎」最佳女主角得獎者。即使是在這競爭日漸激烈的演藝圈，擁有卓越演技、姣好面容的我，仍成功擠身第一線實力派演員，被粉絲們以「女神恩妍」的稱號崇拜著。

然而這樣的我，卻與那位惡名昭彰的男星傳出了緋聞。

以私生活混亂聞名，那位已經換過好幾代交往對象的饒舌歌手，因爲此次來客串我所主演的電視劇，與我有了些許接觸機會。

也因此媒體得以拍到不少能拿來大作文章的畫面。

可能是攝影棚裡他偷偷在角落看著我，或者是有意無意在我的休息室附近閒晃……正當我面無表情的滑著新聞報導時，當事人突然在不遠處叫住了我。

「喂，你過來一下。」

我略帶膽怯的跟著他走上電視臺一角無人的階梯。

當我們抵達頂樓時，他突然面目猙獰的把我逼到牆角，我只能害怕的不停顫抖著，心中祈求著有人能來幫忙。

沒過多久便聽到了他的質問：

「我說，那則緋聞是你安排的吧。」

「……」

呿，我完全沒想到他居然能拆穿我的計謀，於是便也卸下了乖乖女的面具咂了聲嘴。

在意識到我默認自首的反應後，他困惑不已地搔了搔頭：

「為了吵話題嗎？你看起來不像是會做這種事的壞傢伙啊。」

「我就是這種壞傢伙好嗎！這是我微不足道的反抗！」在被他踩中地雷後，我乾脆不顧形象的大喊：「我一直計畫著如果能和你這種花心的人傳出緋聞，我那莫名其妙的女神面具應該也能破裂點吧。」

沒想到聽到這裡換他瞪大了雙眼：

「哈？我才沒有花心呢！」他慌張地反駁著：「雖說我的確是換過不少交往對象，但我的每場感情都是談得很認眞的好嗎！」

我整個人一頭霧水。

仔細想想，雖然我自認已透過媒體澈底瞭解了他的爲人，但在現實的接觸中我卻從來沒有嘗試去認識他。

一直以來厭惡著被他人塑造形象的我，居然也不自覺的爲他人貼上了標籤。

這大概是我人生中最懊悔的時刻了。

我們倆坐在頂樓，一邊喝從便利商店買的啤酒一邊閒聊：

「我啊，其實對於當個女神一點興趣也沒有。」或許是因爲微醺了，我誠實地向他說了眞話：「對我來說這一生只要能夠賺大錢，然後與長得不錯的人結婚並成家，這樣就夠了。」

「那爲什麼還要來當明星呢？」

「因爲受人愛戴的感覺很棒嘛！」我瞬間站起來對著天空大喊。見狀的他不禁笑了出來，也回應了我這幼稚的行爲。

「我成爲演員的理由就是如此膚淺不行嗎！」

「沒有不行啊！」

「我天生就是個自私的人不行嗎！」

「當然可以啊，愛自己是人之常理。」講到這裡，他將視線從遠方移到我身上，並語帶溫柔的說：

「但如果嘗試去愛人，會發現世界其實意外的充滿善意喔。」

看著他那長得像壞人的臉上居然露出了醜腆的笑容，我不禁有些心動。

我想我大概便是在那瞬間動了凡心的吧。

不論是工作、家庭、還是愛，我全都不想放手。

我就是那個想得到一切的貪心之人。

爲此，我會爲自己的所有作爲負起責任的。

****

在緋聞傳出的幾個星期後，我因爲電視劇的宣傳而與他有了再次共事的機會。

「要不索性就讓緋聞變成事實吧。」

我們倆很有默契地達成了共識，於是故事開始了。

至於兩年後當我向他告知自己懷有身孕時，看著他在記者會上既高興卻又支吾其詞的模樣，我很想搶走他的麥克風嗆他如此不乾脆還算是個男人嗎？但總覺這樣講有哪裡不太對，於是改口：

「如此不乾脆還算是個人類嗎！」

箱庭裡外的世界

智子小姐是這個世界的神明大人。

穿越古老而屹立的千本鳥居，走入那被圍籬環繞的獨棟建築；經過本殿廳堂、小橋，再步入師傅匠心打造的精緻庭園，便能找到智子的起居室。

智子在那裡，用他那小而巧的雙手操作著這世間的一切。

仔細窺看放置於房內疊蓆上的矮盒，會發現那是由樹木模型、紙人偶、船隻及各種玩意兒所打造而成的小型箱庭，其中一個個小物件都以不等的速度緩緩移動——那便是這巨大現實的縮影。

而智子則透過他的設計與擺弄，讓這個世界開始轉動。

今天在小鎮風平浪靜的港口掀起一波漣漪，明天則讓那位深閨小姐與遊子相遇……智子總會瞪大他那圓潤而充滿稚氣的雙瞳，從高處窺看這些形形色色的人們，並且心懷期待的觀望事情接下來會如何發展。

智子深愛著這個由他所打造的世界。

起居室裡的空間與外界隔著一層無形的結界，在這個空間裡，時間是不會流動的。

也因此理所當然的，從未出過寢室的智子年齡不會增長，永遠都是孩童的模樣。

即使無法成爲這世界的一份子，即使僅能擔任旁觀者，智子卻從不曾感到寂寞，因爲他認爲自己只要能遙望人與人之間的互動，並在從遠處觀看的過程中感受到一絲樂趣就夠了。

對智子而言，不要摻和其中才是安全的選擇。

「智子小姐，需要歇息一會兒嗎？」

香織是被本家任命來侍奉智子的侍女。

雖說智子貴爲主人身分，但因爲兩人的外觀年齡相近，智子與香織很快便成爲了玩伴。

香織是智子與外頭世界唯一明確而眞實的連結，而性格大方的香織在與智子共處時也不時會興奮的道著自己在外頭所經歷的一切。

「那不是與我在這起居室裡看見的如出一徹嗎？」智子每每總會如此嘀咕，但香織卻說那是不同的，只有實際參與其中才能了解何謂眞正的感動。

與智子不同的是，香織的時間是會流動的。

從孩童長成了少女，再從少女蛻變爲成人，香織的一生對智子而言彷彿浮生一夢，短促而虛幻得不値得一提。然而他從香織那裡得來的情感份量卻多得自己無法負荷。

聽聞他在課堂上學習西洋知識的樂趣，聽聞他第一次搭上蒸汽火車時有多震撼；聽聞他感慨的說著自己終與那位朝思暮想的先生結爲連理，再聽聞他有多愧對他那不幸夭折的孩子……

聽聞他的喜與悲，聽聞他對這一生的懊悔與感謝。

時間執意前行的步伐是那樣專蠻而任性，遠比自己可接受的速度要快得無理。在智子終於意識到之時，香織早已白髮婆娑，不再有當年的精氣了。

身爲神明的智子理應在近日安排香織的逝去，但他卻不願意。

如果可以的話，他希望香織能永遠伴在自己身旁。

「但這樣是不行的。」香織如此說著，並盡力以他那布滿皺紋而乾澀的手執起智子的手，笑著說他會心甘情願地接受常理的安排。

智子終究還是忍不住哭了。

「所以我才不想摻和進這個世界……」

「智子小姐……」

「我討厭與人交往。

明明只要遠遠的看著就不會受傷了。

如果人的生命終究要消逝，如果離別終將到來，

那麼這一切又有何意義呢？」

「您說的是呢，
人的生命真的是那樣虛無縹緲。
但是在這如走馬燈般匆匆而過的一生，
即使刻滿了無數的悲傷。
卻依舊是那麼的令我眷戀。」

「如果不曾嘗試去與人接觸，
我們就不會受傷了。」

「但同時也沒機會了解因相知相惜
而得來的快樂了。」

「我能帶給智子小姐的，
僅有我那微薄的經驗之談。
屬於智子小姐真正的幸福，
定能在智子小姐與這世界產生連結的片刻中找到的。」

那麼智子最終究竟有沒有離開起居室，實際「走入箱庭」呢？
問題的答案已經不得而知了。
能確定的僅是不論未來再經歷多少輝煌光陰，對智子而言都沒有任何瞬間能取代他與香織共處的那段時光。

幸福究竟是存於箱庭內，還是箱庭外的世界呢？
我們與他人的關係帶來的究竟是喜悅，還是僅宣告了傷痛的開始呢？
生命的答案，肯定只能在各自磕磕絆絆前行的步伐中找到吧。

於這短暫而璀璨的歲月之中……

第三章　關於現實

卡農與尋死的少年

你或許不相信，但卡農這個人天生擁有能夠預知「悲劇」發生的能力。如同預知夢一般，時不時他總會在夢中聽見向他呢喃著的，來自未來的災厄。故事聽到這裡，你大概會以爲既然擁有這般不同於人的能力，卡農肯定會是位積極改善世間的奉獻者。但事實並非如此，卡農十分厭惡著自己的這份特殊體質。

正值中年的他失去了歸處，他的胸懷並沒有帶著任何抱負，只是這樣漫無目的的，在世界各個角落流浪著。

＊＊＊＊＊＊＊＊＊＊＊＊＊＊＊

卡農夢到了一名少年之死。

列車逐漸朝少年逼近，然而即使還有時間閃躲，少年卻沒有反應。伴隨著被呼嘯而過的列車揚起的塵埃，鮮血也濺上了卡農的臉龐。這樣過於清晰的畫面使卡農瞬間清醒。少年臨死前那毫無求生之意的眼神至今仍歷歷在目，但這此都不是足以使卡農動搖的理由。

卡農預知到了，這名少年是名「未來的英雄」。

於少年五十歲那年，其與所率領醫療團隊將研發出一種新型疫苗，成功抑止未來將出現的，極有可能終結人類的未知病毒。

於是爲了避免「悲劇」發生，卡農行動了。

迅速抵達了夢中所見的車站，果眞發現在眾目睽睽下，那名尋死的少年正屹立於鐵軌上。

「你在幹嘛！」卡農撥開了抵擋於前的人潮，奮力地向少年伸出了救援之手。

然而少年並沒有回握。

「反正我的人生也沒有意義……。」少年只是以不帶一絲生氣的語調回覆。

「那也只是至今爲止而已！」卡農激動地說服著少年：「你的未來將有無限的可能！你會憑著自身的努力，成爲你一直以來所夢想的醫學家。你會是位爲社會有所貢獻的人啊……」

然後他將所有氣力寄託於最後一聲大喊：「我向你發誓！」

卡農那發自內心又眞切的呼喚撼動了少年僵固的心，於是少年向卡農伸出了手……

****

平安送少年回家後，少年那聽聞事發經過的老母親不停欣慰地向卡農道謝。

「您眞是位好人！」母親緊握著卡農的手，不斷向卡農傳達著自己的感激之情。「這個社會就是需要你們這種見義勇爲的人！」

然而卡農對此，卻沒辦法作出任何回應。

只是在片刻的沉默過後淡然的說：

「不，我才不是什麼好人。」

「……如果他不是英雄的話，我可能就不會救他了。」

對卡農而言此次的悲劇所指，並不是少年的死本身，而是疫苗無法被研發這件事。事實上成功救回了少年的命，對卡農而言僅不過是附加罷了。

「怎麼可以這樣……」老母親帶著些許憤慨的說：「就算他生而爲普通人，也有活著的價值啊！」

「……這我就不知道了。」

卡農回答。

區區一個將生命活得無奈又充滿遺憾的自己，怎麼有辦法說出「每個人都有活著的價值」這種斷言呢。

他唯一清楚知曉的，只有個人的存在究竟有多麼微不足道這件事。

因此他無法向年輕人們肯定未來必定是美好的。

因爲這遠不是他能判斷的。生命是自己活出來的，能爲其評價的只有活在當下的自己。

所以同樣能救自己的，也只有自己了……

「不一樣呢……。」

卡農臨走前那位老母親突然低聲向他呢喃：

「很久以前，我曾聽說過有一名與你有著同樣名字的青年，他是多麼的正義而善良，爲了理想而積極在各地奔波著。」

「……是嗎。」

卡農輕笑了一聲回答，但他無心再去多想老母親的言外之意，只是轉過頭，走回他那毫無遠景的漂泊人生。

窗外的彼端

第一次與小玫相遇，是在醫院的樓梯間。

那是我去探望住院的奶奶正準備回家時，偶然瞧見坐在輪椅上的她偷偷摸摸地在樓梯口灑些什麼，而沒過多久，一名男子走了過去，便就這麼滑了一跤摔下了樓梯。

女孩的側顏是如此的冷漠，見證這一幕的我原本打算立即掉頭離去，沒想到卻被她逮了個正著。

「妳看見了嗎？」

女孩瞪大眼睛如此問我，而我只能在呑口氣後，戰戰兢兢地回問：

「妳這是在做什麼？」

「復仇喔。」

她說出這句話的語氣是如此輕鬆，眼眸中卻帶有著無比的暗沉。

然而面對這樣一個城府極深的女孩，我卻不感到反感。

＊＊＊＊＊＊＊＊＊＊＊＊＊＊＊

在此之後我常常以探望奶奶爲名義來與小玫見面，也因此得以與她越來越熟識。

小玫的身上有無數傷口，她的雙腿已癱瘓，只能靠輪椅行動。

因爲某種不知名原因，她不定時會在夜裡突然發作——如暫時性呼吸困難、嘔吐等症狀，因此遲遲無法出院。

醫生說這似乎是心理障礙所造成的。

小玫一直都在害怕著什麼。

她怕黑，怕黑暗的角落中潛藏的危機隨時襲來。

她怕人潮，因爲她無從知曉與自己擦肩而過者是否帶有惡意。

她怕高，卻總是坐在病房的窗口平臺眺望著遠方。

「是懼高症嗎？」我問。

「是怕我會忍不了想跳下去的衝動。」小玫輕笑著回答。

很久以後，小玫才眞正告訴我，她身上的大小創傷並非是出了車禍，而是自己弄來的。

「自殺未遂。」

小玫緩緩的說道。

很久很久以前，當她還是個什麼都不怕的無知孩子時，曾大剌剌的在大半夜獨自一人走在路上，卻因此遭到綁架，並發生了不可挽回的事。

小玫只把這件事告訴了我。明明是如此難受的回憶，她的語氣卻依然是那麼的輕，輕到彷彿隨時會飄離人世般。

＊＊＊＊＊＊＊＊＊＊＊＊＊＊＊＊

關於小玫的復仇，我擅自去調查了一下。

作爲復仇對象的男孩，似乎是小玫的男友。即使小玫出事後已過多年仍每週都會來探望她。

男孩看向小玫的表情總是那麼的溫柔。

小玫說正因男孩是個眞正善良的人，才永遠無法了解她心中那片深不見底的黑暗。

即使因爲小玫背地裡的種種作爲而導致受傷，甚至曾差點一併入院，男孩面向小玫的善意卻從不曾改變，也因此每每只會使小玫的行爲變本加厲。

小玫的復仇，是對於男孩的無知之罪，還是僅是想博得關注的表現，我不知道。

而男孩究竟是眞的一無所知，還是只是裝作沒察覺，我也無從知曉。

作爲局外人的我只能眼睜睜的在一旁看著這一切發生。

＊＊＊＊＊＊＊＊＊＊＊＊＊＊＊＊＊＊＊＊＊

小玫的一腳已經踏出窗外了。

一打開房門見到這一幕的我被嚇得驚慌失措，原本打算衝去拉住小玫，卻已有人搶先了一步。

「小玫！」

男孩一把將小玫抱下，然而小玫只是不停地掙扎並嘶吼著要男孩放開她：

「都帶著這身傷痕累累了，何苦要活著呢！」

「我相信總有一天一定能治癒的！」男孩僅能不斷安撫著女孩的情緒：「我知道妳一直以來有多痛苦……」

「你才不知道！」小玫將所有憤怒訴諸於語句：「因爲你不是我們，所以永遠不會明白！」

「爲什麼我不是『妳們』呢！」

隨著這一聲大吼，男孩一直以來那完美的表象在此時終於剝落，並逐漸變得猙獰：

「我也好想成爲妳們啊！」

然而這僅能淪於想像的語句是如此的無力，使男孩只能不停哽咽：「我也想了解妳們的痛苦，替妳們承受傷害啊……。」

「不對……」小玫以再小不過的聲量說著：「你不該預設……我們是受害者。什麼痛苦、什麼傷痛的……沒有人需要去承擔好嗎。」

原先充斥著怨恨的眼神在此時僅剩滿滿的哀傷。小玫伸出雙手，緊緊地將眼前那名哭得糟糕的男孩擁入懷中：

「對不起……不該是我拉著你墮入黑暗，而是我應走向光明的。」

這樣一個遍體鱗傷女孩，也只是想作爲一名人類，作爲再普通不過的「他」活下去罷了。

許久過後，懷中男孩的情緒稍有平復，並在最後問了一聲：

「我是妳們的敵人嗎？」

聽到這句話後，小玫的眼匡也不禁泛紅。

「不是的……」原先緊閉的內心終於透入了一絲光明：「不是的……眞的不是的，你是我們的夥伴啊。」然後以打從心底的眞情說道：

「謝謝你。」

『已經什麼都不用怕了喔。』

＊＊＊＊＊＊＊＊＊＊＊＊＊＊＊＊＊＊＊＊＊

我原本打算悄然離去，卻突然被小玫拉住了手。

小玫笑著問我要去哪呢，我回答說總覺自己像個局外人般，然而他卻鼓著臉表示明明我也是他們的夥伴，才不是什麼外人呢！

這樣笨拙的我們，是否也有著能夠改變現況的能力呢？

我笑著向小玫說聲是呢，然後緊緊回握了他牽起我的手。

即使有所作爲不一定能帶來轉機，即使越過此處後彼端可能只會有更多難關來臨。

我們都於此發誓，定會攜著彼此一同走下去。

軟弱之人

我想每個孩子年幼時，都曾被帶去學習各種才藝吧。
不論是鋼琴、舞蹈還是畫畫，或許有些孩子認爲那是種負擔，但我卻沒有。
因爲我便是在那時迷上芭蕾舞的。
穿著以薄紗打造而成的連衣裙，如天使般翩翩起舞的姿態，令幼時的我著迷不已。我曾天眞地以爲自己能永遠就這樣跳下去。

然而到了一定的年齡時，我便自動放棄這些夢想了。
這是理所當然的，有多少幸運的人能一輩子靠跳舞吃飯呢？
在備考體制下升上高中、大學，畢業後進入企業，成爲一位領有穩定薪水的上班族。
這是天經地義的事，我也沒思考過其中的理由。

直到我的妹妹誕生了。

＊＊＊＊＊＊＊＊＊＊＊＊＊＊＊＊＊＊＊＊

與我相差十二歲的妹妹，在和我同樣年齡時愛上了芭蕾。

然而他卻說什麼也不肯放棄。

即使到了備考年齡，妹妹他仍堅持必須以芭蕾舞者作爲畢生志業。

大概是因爲年紀相差太多吧，母親他特別寵妹妹，因此也沒對此多說什麼。

而當時的我早已出了社會，父母又年近退休，於是便理所當然的肩負起家計。

每天爲了賺錢在住家與公司兩頭奔波，每天埋頭做著自己不怎麼喜歡的工作。

但這也沒什麼。因爲他是妹妹，他有資格任性，即使軟弱到不肯面對現實仍能集萬千寵愛於一身。

因爲我是姊姊，我已經是成年人了，是個有勇氣去望眼未來的人，而且也必須是妹妹的榜樣。

即使快要被壓力壓得喘不過氣，我又怎麼有辦法說出口呢？

我那楚楚可憐，卻又學不會妥協的妹妹啊，因爲他的任性，我們這個經濟不算優渥的家庭在瀕臨傾家蕩產之際終於成功讓他到英國習舞。

在這之中究竟花了多少錢，我也已無心去細數了。

在經過多年的面試與選拔後，最終妹妹他終於成功進入了世界知名舞團。

在他作爲職業舞者第一次登上國際舞臺時，那時的他二十五歲，而我已經近不惑之年了。

＊＊＊＊＊＊＊＊＊＊＊＊＊＊＊＊＊＊＊

第一次走進皇家歌劇院的廳堂。
即使已曾於夢中蒞臨多次，實際見證時那富麗堂皇仍是我無法想像的。
舞臺燈亮起的瞬間，舞者們開始翩翩起舞，那輕盈又優雅的姿態遠比鎂光燈耀眼。
緊接著妹妹出場了，帶著青澀的步伐站上舞臺。
不論是將頭髮挽成了髻、鶴立式的舞姿、還是腳尖墊起時的模樣，都與當年的我是如此的相像……

表演結束時全場歡聲雷動，我走到後臺爲妹妹獻上花束。那瞬間，我無法克制的哭了。
那止不住的眼淚，不是對於妹妹成功的喜極而泣，而是無比的羨慕與嫉妒。
「我後悔了……。」
爲什麼站在那裡的不是我呢？爲什麼投資了那麼多得來的僅是空虛呢？
我所得不到的東西，憑什麼什麼都沒做的他就可以得到？

「你在跟我開什麼玩笑？」

此時妹妹臉上的純眞消失了，露出的是我第一次見到的厭惡神情：
「你這話……我完全無法接受。明明是你自己沒有膽子追求夢想，卻把責任怪到我身上……我有要求過你幫我嗎？我不是常問你壓力會不會太大，是你自己說不會的，不是嗎？其實你一直都很看不起我吧？看不起這個不能沒有你、軟弱無比的妹妹。

但其實姊姊你……才是那個軟弱之人！」

＊＊＊＊＊＊＊＊＊＊＊＊＊＊＊＊＊

在那之後，我與妹妹便再也沒有聯絡了。

獨自一人在英國生活的妹妹，除了定期回家向父母請安外便幾乎與我失去了交集，可能也有點生氣的成分在吧。

但我也氣在頭上，我無法原諒他當初的發言，因此也不想再對他進行任何援助了。看看失去了我的他，在此之後還能走得多遠。

然而失去了他的我，未來又將以什麼爲動力過活呢？

回到朝九晚五的辦公生活，我的人生在他眼裡肯定看起來貧乏無奇。

但即使如此仍是照著我縝密的考量下繼續前進。

或許我與他都不是軟弱之人。

即使價值觀不同，但我們對於理想人生的追求都是無比的堅定，並願意爲此咬牙付諸一切。
即使那使我們分道揚鑣。
我仍想去相信自己的選擇必有其意義。

每年夏天都很期待發生些什麼但毫無反應就是個很熱的夏天
（又名「宅宅狂想曲」）

「青春對年輕人而言太奢侈了。」那位英國作家蕭伯納說得眞有道理。

嗯？你問我是誰？我就只是一位平凡的高中生而已。

在一生僅有幾次的暑假期間，享受著瘋狂又絢爛的青春生活，我想應該是所有年輕人的夢想吧。積極參與社團活動、結交志同道合的朋友、與死黨們相約到海水浴場擠得像是一顆顆下鍋水餃……這種愚蠢又不理智的行爲我才不幹呢。

我所追求的是更爲特別的事……

沒錯，就是成爲漫畫中主角般的存在！

漫畫裡平凡的主角某天突然獲得超能力，或是遇上其他夥伴而背負起拯救世界的使命，這種橋段不是才夠稱作青春相遇嗎！

「假如你們當中有外星人、未來人或者超能力者，儘管來找我。完畢！」雖然我很想拿著擴音器在朝會時這樣大喊，但想想太羞恥了還是作罷。

其中對我而言最憧憬的，莫過於得到穿越時空的能力。

如果這一生一次的青春得以重來，人們能夠回顧那一去不返的人生，不是很厲害嗎！

朝向未來的時間旅行目前已被科學透徹了解，且是經過大量觀測的現象。至於回到過去，找到允許這件事的廣義相對論解不是不可能，但符合該解的條件可能在物理上無法達成。

那麼，就讓我來打破這廣義相對論的框架吧！

在追尋夢想的過程、耗費大量時間埋頭進行研究時，我偶爾還是會有些迷惘。

我想要得到的，眞的是如同故事主角般的超能力嗎？

還是僅是憧憬著成爲主角後，能擁有一場此生難忘的青春歷險、結交一輩子的摯友，並且在故事最終與可愛的女孩子結婚呢？

仔細想想我現在是高中生，正是最爲青春的時期，那麼這樣每天閉不出戶，只對二次元有興趣而毫無嘗試接觸班上同學的做法，眞的又是對的嗎……

但每每這麼一想，我總會翻翻漫畫重振精神。一想到我未來若得到穿越時空的能力後便能隨時回到高中時期，這點犧牲便不算什麼！

時間終於來到了高三暑假中旬，也就是我十八歲生日那天。

＊＊＊＊＊＊＊＊＊＊＊＊＊＊＊＊＊＊

我有想過我未來的第一次時空旅行一定要來到這天的凌晨十二點，在自家屋頂與剛滿十八歲的自己見面。

於是我抓緊時間，趁著老媽不注意時敲敲爬上了屋頂……說實話頂樓眞不是什麼多浪漫的場景，漫畫裡總少畫了滿滿汙垢與生鏽痕跡。

我戰戰兢兢的盯著手錶看了快三十分鐘，直到指針緩緩指向十二點……

瞬間，一束如閃電般的光線於我眼前降臨，那強光刺的我不禁閉眼。而當光芒減弱時我再次睜開眼，看見光線中一道朝我走來的高大身影。

難道那道身影，便是未來的……

「我想你大概已經猜到了，我是來自未來的你。」

光線中的那人如此說道。仔細一看他的外表眞的與我特別相似，只是比現在的我還要蒼老許多。

來自未來的我走到了我的面前，在我還來不及多做反應時，便將雙手用力地拍在我的肩上說：

「我來到這裡只有一個目的，便是告訴你一件會影響你一輩子的事。」

聽到這裡我不禁吞了口水。接著男人突然瞪大眼，像是以全身的氣力猛然對我大喊：

「醒醒吧！拜託你別再做這種中二夢了！你知道你未來的人生就只會把所有精力浪費在時空旅行的研究上嗎？搞到把自己辛苦掙來的錢全投資光了，老婆也跟著別人跑了……現在的你五十二歲，望向只能孤獨終老的慘澹未來，就算終於成功回到過去但心中唯一的念頭只有後悔死了！

所以我現在來告訴你一件事，那就是──

與其每天幻想那些有的沒的超能力，還不如好好去當個上班族賺穩定的薪水好養老婆小孩過著平凡的每一天更為幸福！」

未來的我只是帶著悲痛欲絕的表情如此說完便走回了光線，沒過多久便再次消失了。

只留下了呆愣在原地的我。

我遲遲無法作出反應。對於見到來自未來的自己，並被他連珠砲似的說了一連串話後，我的心裡只有一個想法：

「太酷啦啊啊啊啊啊！」

原本前幾天還有點懷疑自己一直以來是不是根本只是個愛做夢的白痴，沒想到剛才真的見到來自未來的我了？

從來沒聽說過現實中有人能穿越時空的，但我成功了！我眞的成為超能力者了！只要我繼續義無反顧的努力就眞的能成就這種事！

漫畫裡的故事都不是騙人的！我眞的是那位特別的主角啊！

風光明媚的未來，我來了！

比死神更殘忍的存在

如今回想起來，高中畢業那天在頂樓與那個人的相遇，便是宣告一切邁向終結的開始吧。即將跨越圍欄，向一片晦暗不明的黑夜一躍而下的身影，琥珀色的長髮與晚霞遺留的些許殘光相映，被我給見了正著。

「啊……」

「不小心被抓到了呢。」

在這平時被鎖上的頂樓天臺，分別無故闖入的不太熟識的我們倆，僅能彼此尷尬的寒暄幾句。或許對他而言我只是位偶爾會對到眼的同班同學，但我卻對他一點也不陌生——與名字相稱如雪般精緻剔透的他，受到眾人的喜愛與追隨。那被無數稱羨目光掩沒的姿態，我僅能默默遠觀。而這樣近乎完美的存在，為何會想結束自己的生命呢？

「對我而言生命從此刻起便只是一味朝衰老邁進了。」

那人用他那如鳥鳴般清脆的嗓音說著：

「每當在路上看見老人家蹣跚又疲倦的背影，我都會莫名的感到害怕。一想到自己以後也終將變得又老又醜，我便覺恐懼不已。

所以我早在好久以前就已經決定，自己定要在不再美麗之時就去死。」

與外表給人的印象不同，他的思想是那樣的殘忍而冷冽，然而口中說著負面之語的他，在我眼中卻越顯出眾。

「這種事是不可能發生的，因爲現在的你是那麼的美啊……」

「誒？」

在發現自己竟不自覺說出了心裡話後，我有些慌張的解釋：

「我、我只是覺得你要在此刻死去未免也太可惜了！人的衰老少說從四十開始，我想你應該還能再維持美麗個好幾年吧，至少再二十年。」

「少來，這些安慰人的話語還是免了吧。」

「我說的是眞的！」

「眞的？」

「眞的。」

我無來由地與他較眞了起來，而見狀的他只是對我露出了燦爛卻又令我費解的笑容，緊接著說：

「那二十年後的今日再與我相見吧！如果到時你依然覺得我美麗，我就相信你；若結果並非如此，我再去死。」

「好！」

被那彷彿死神般縹緲而嫵媚的氣質所吸引，對話便就這麼順著他的意走下去。等到意識恢復後才終於察覺，自己似乎胡亂與他許下了不得了的約定。

****

我的人生一直都是那樣迷惘而無所適從的。

對活下去一事不抱任何憧憬，因爲不太尋常的性格而無法融入群體，這彷彿暖陽般溫煦美好的青春時光，對我而言僅是諷刺。

我無法因任何事物而感到欣喜，無法被絲毫情理所打動，而在那天於頂樓與那個人的相遇，原本也僅是如同在我心中投下了一顆再小不過的石頭。

誰知那石頭竟自顧自地綻起了陣陣漣漪，接著不斷的擴大、擴大……擴大到即使不再有跡可循，也早已與我融爲一體。

出社會後的日子依然是那樣艱辛，我還是無法在其中尋出意義，連喜歡的興趣、想達成的夢想，都找不到。

然而自從與那個人許下約定後，每當我在腦海裡興起任何片刻想放棄的念頭，那道站在圍欄邊的身影總會浮現眼前，提醒我有著必須履約的義務。

每當我又被現實擊得一蹶不振，那如同鳥鳴般的話語又會硬生生地將我從地上踹起。

一而再再而三的出現，一而再再而三的逼迫我繼續前進……

我這才發現當初那如同兒戲般的隨口約定，原來根本不是拿來營救他，而是他拿來營救我的。

『原來你早就知道了嗎？

知道我那天登上頂樓，是因爲想與你做同樣的事啊！』

在已鐵了心想尋死的那一天，黯然打開學校頂樓的鐵門，發現那我本該站上的位子，被另一人給搶先了一步。

而因爲受那彷彿詛咒般的約定所束縛，我竟連想尋死脫身的權利都失去了。

居然用那麼自私的做法把我從死神的手中帶回……

『或許對我而言，你比死神更殘忍呢。』

＊＊＊＊＊＊＊＊＊＊＊＊＊＊＊

二十年後的如今，我再次打開了通往頂樓的鐵門，看見那被圍欄籠罩的青色天空下，依然是那個人的身影。

只是比當初要消瘦了些，也滄桑了些。如今肯定不會有人將他的外貌與本名聯想在一起了。

即使已不如學生時期那般青澀純粹，即使被年華洗鍊而越發深沉……

我卻切實的認爲這樣的他比當初還要更加美麗。

「我想你肯定還能再維持美麗個好幾年，至少再二十年。」我如此說道，並走向前緊抱住眼前那一身殘破不堪。

「那你願意再跟我約定二十年嗎？」

「好。」

在還來不及多加思考前，話語已比理性早一步脫口而出。

聽聞此話後他露出了像是得逞般的面容，比當初的笑靨多了份深邃，卻又如出一轍。

『即使我對自己的生命毫無眷戀，我卻捨不得你。』

二十年後的他會是什麼模樣，是否依然留著琥珀色的長髮，而我對他的這份愛意又能維持多久呢？

我只想親自見證下去。

「我是因爲你而活著的。」

崩壞與重生

主日彌撒時認識的那位少年，是一名善良又正直的學子。
得體而溫柔的舉止，深具教養的敦厚品格，這些氣質深深吸引著我。
我只是在一旁偷偷戀慕著他而已。

主日彌撒時認識的那位少年，卻也生而爲一名悲劇英雄，注定爲了救人而死。
而上天似乎是聽到了我的祈禱，讓我能在他死亡的瞬間令時光倒轉，給予我一個拯救他的機會。

然而不論重來多少次，我都還是救不了他。

可能是趕進火場拯救雙親而過度缺氧。
也可能是爲了救那落水的愛人而溺斃身亡。
即使每次的死因都不同，卻總是那麼的慘不忍睹。
他那面目全非的死狀我不忍多看，每每在內心淌著血隨他一同死去之時，又毫不猶豫地選擇令時光倒轉。

我曾用盡各種方法嘗試避開他的死亡結局——
或許不把他父母身陷火海的消息讓他知道，
也或許是從一開始便阻斷了少年與愛人的相遇，
但一切都是徒勞，他總會在那之後又以另一種我未曾見過的方式死亡。
最後甚至嘗試把他囚禁起來，結果他卻還是爲了逃跑而失足墜樓了。

崩潰，崩潰，一再的崩潰。
已經無心細數自己重新經歷的時間。最後還有意識時，大概已經過了兩百年了。

「拜託你饒了我吧……」
淚眼婆娑的他用盡最後一絲氣力在死前說道，而我只是拚了命地搖頭。
「拜託你饒過自己吧……」
在聽完他的遺言後，我還是義無反顧地選擇令時光倒轉。

隱約察覺到世界是帶有惡意的。
好不容易感覺自己與他在這不斷反覆的輪迴中，達成了失去與獲得的絕妙平衡，卻還是讓我不經意注意到了其中的違和。

那是某次在教堂裡找不到少年的身影。

倉皇尋覓，在幾哩外的城鎮終於見到他時，才知道這次的少年沒有信教。

原來少年最初開始信教的原因，正是因爲與那溺斃的愛人相遇。

在每一次重生的過程中，隨著經歷的不同，少年與自己最初認識的模樣逐漸產生落差。

個性、舉止、思考、眼神，一再反覆塑造，也早已轉變了無數次了。

自己所心心念念之人突然變得如此陌生。

是這裡嗎？這裡？還是這裡？

如同傳話遊戲般，不斷尋找最初偏離的那個點。

然而在發現想維持現狀的心情與想避免悲劇的祈願相互矛盾後，才明白一切從一開始便是錯的。

『人死後不能復生。』

啊，這本是天經地義的事。

『即使將破碎之物再次修復，也永遠不會是當初的模樣了。』

這麼簡單的道理，我卻永遠也學不會。

不僅是他，或許連我也是。

每一次的輪迴，每一次的悲劇，都以一種無以復加的方式摧毀著我的心。
不斷的崩壞再重生，崩壞再重生。
自己的心被一次次的扭曲重塑……

漸漸的，痛覺也開始變得麻木了。

＊＊＊＊＊＊＊＊＊＊＊＊＊＊

住在隔壁街區的那位少年，是一名兇狠又無情的惡混。
冰冷而刻薄的舉止，毫無教養的狂傲品格，這些氣質深深吸引著我。
我只是在一旁偷偷戀慕著他而已。

住在隔壁街區的那位少年，是一名利己主義者，從來不願意幫助他人。
他更時常惹事生非而樹立了眾多敵人，注定因與他人產生衝突而死。

這次趕到時，少年的半邊臉都被砍了。
『是自己沒見過的死狀呢。』第一時間的反應居然是想多看幾眼。
這樣的感情究竟是愛，還是僅是一種病態執著呢？

不論這份感情究竟爲何，也只有它在這不斷重新構築的軌跡裡，一點也沒變過。

「你這個白癡……」少年用他僅存的半張臉瞪著我，眼神滿是厭惡。「這次還是太慢了！」

接著用力朝我甩了一巴掌。

「抱歉。」我只是苦笑了聲回覆。

「下次要快點來啊……。」

他那泛著淚珠又好似在逞強的神情，眞是令人心疼。

輕輕吻了少年的同時，也吸走了他的最後一口氣。

『下次重逢之時，你又會變成什麼模樣呢？』

心裡不禁如此期待著，然後再次選擇令時光倒轉。

不論重來多少次，我都會來救你的♡

膽小之人

我男友他是一名天生的藝術家。

纖細而敏感的性格，使他與他人相比更加深切的體會著這個世界。他將自身對世界的愛化爲文字，感慨化作詩句，將縹緲的靈魂注入創作中。

這樣的姿態令我著迷不已。

我也是一名藝術家。

更勝他人的洞見世間，我的創作是鋒芒而露骨的，卻同時體現著我對世界的在乎與期許。將無奈注入線條，將憤慨化爲圖像，

我那脆弱卻具體的靈魂，便也同樣吸引著他吧。

然而這樣的我們，正是這社會最沒必要存在的那種人。

「沒有人能只做著自己想做的事而過活。」這是不知從何時起的，世界性的不成文規定。不只是我們，這世上不知有多少人爲了活下去而一再妥協——我們爲了溫飽而找了不合期待的工作，爲了生存而無視心中眞正的夢，然後不斷重複忍耐著那些事與願違的現實種種。

大概從小便是這樣吧，不斷的忍耐著。
忍耐著希望快點放學、忍耐到學測考完的那一天。
忍耐著辭職的衝動、忍耐到下班、忍耐著撐過不想經歷的時間。
忍耐著希望這一生快點迎來終結……

那個時候我們發現了。
人們所期望的，一直是名爲「解脫」的快樂。

悶熱而濡濕的仲夏夜晚，我們倆在旅館的浴缸裡互相依偎，看著窗外的霓虹閃爍與依稀燈火，將城市映得泛黃。
他問我要不要跟他一起逃走。

「如果僅能苟且偷生，那不是跟死了沒兩樣嗎？」

他說乾脆彼此都把工作辭了吧，別努力了，在這肉體與心靈都還保有青春之時，去享受生命吧。將一直以來所儲下來的錢用於此刻，把想買的東西都買了，想去的地方都去了吧。什麼都不用擔憂，只需盡情度過自己想過的生活。

然後在把身上的積蓄全花光，將生命燃燒殆盡並攜手走到世界盡頭之時——

就在夕陽下擁著彼此死去吧。

那將是多麼壯麗而浪漫的死亡啊。

我從不認爲生命的長度比深度重要，也堅信人們擁有決定各自離世方式的自由。

然而在應答的話語即將脫口而出時，卻隱約聽到了潛意識中有個聲音在吶喊……

『我做不到!!』

＊＊＊＊＊＊＊＊＊＊＊＊＊＊

後來我輾轉得知，那個人他眞的辭了工作，買了張單人機票便開始於世界漂流。

認識了來自各地的旅人，用著相異的語言溝通。他們彼此交流了文化，碰撞了價値觀，並將之全全化爲藝術。他創作著、揮霍著，不受拘束的做自己。他深愛著他生命中的每一片刻。

然後在最終潦倒之時，於紐約街頭一角迎來了生命的結束。

那時的他才只有三十歲。

作爲一位藝術家，他澈底貫徹了燃燒生命的本質。這樣璀璨的一生，肯定能成爲名留青史的佳話吧。

而我卻還在這裡垂死掙扎。

在與他分別二十幾年後的某天，我曾有一次強烈的尋死念頭。

那時的我意識到自己已不再年輕，卻又一事無成，不但無法像他那般輝煌絢爛，更沒有因爲妥協的選擇而不愁吃穿。

冷冽而乾澀的冬日夜晚，我住進了與當年同一間旅館。

「我當初會不會是做錯了選擇？」

腦海中的想法拋之不去，我將冷水灌滿了浴缸，接著整個人埋進了水裡，連同這陣痛欲絕的思緒載體。

我想要溺斃。

憋氣到最後一刻我開始掙扎，水流進了呼吸道，喉嚨開始緊縮。我瞠目張嘴，感受到了前所未有的痛苦。

要不是溺斃的感受如此的痛苦，我早就一死了之了吧……

『但它就是如此的痛！痛得讓人受不了！』

我整個人從浴缸裡站起，狼狽不堪地咳著嗽，唾液混著淚水沿著臉的側緣流至鎖骨，同時又拚了命地呼吸著，希望能將氧氣灌滿我的每一寸肺部。

對現實感到萬念俱灰，卻又毫無尋死的勇氣……

我就是這麼一個膽小之人。

我渴望著氧氣、渴望著水。

渴望著溫飽、渴望安定、渴望能將生命永續而長久地延伸下去。

因而選擇了這樣平凡又毫無記憶點的人生。

但這又如何呢？這便是我的選擇，是沒有人能替我決定、也沒有人能將之否定的選擇。

一想到這裡，我便不禁發笑：

「作爲一名藝術家，我眞是失格了。」

啊啊沒錯，我就是注定要把這該死的人生過到最後一刻。

因爲不論未來經歷了多少挫折，我的意志都會因爲這份膽小而逼迫自己繼續前進。

一想到這裡便覺得，或許要見到我的死亡比登天還難呢。

這只是個額外的想法，眞的只是順帶一提而已——如果在未來這所剩無幾的時光裡，能夠有某場契機或某個瞬間，讓我覺得自己當初能做出活下去的決定眞是太好了的話……

那我或許會很高興吧。

****

大概、直到此時還是有那麼一點點的期待著。

特別篇　通往結局的列車

*本篇為沉浸式體驗，推薦將自己帶入故事設身處地思考。

通往結局的列車　之一

你明明緊閉雙眼，卻隱約感覺意識中可以看見些許模糊景色。這景色從一開始的混沌不明，到逐漸清晰，從原先色塊的結合，一一化成具體的形象。

你發現你正身處於一臺列車上。

這是臺非常傳統的蒸汽火車，車廂座位甚至是以原木打造的。閥動裝置運作的聲響與那微弱的汽笛低鳴，使你不禁困惑這不該是屬於你的年代該有的產物。

快速行駛的列車上除了你以外沒有其他人，你站起身子在車廂內走了幾圈，卻沒有自己真正在走動的實感。這時你突然發覺自己該往玻璃窗外看，於是你一轉頭，眼前所見的只有一片殘破不堪。被破壞殆盡得只剩殘骸的房屋，遠處不時可見烽火黑煙冉冉升起；偶爾瞥見躲在角落瞪視著你的瘦弱身影，接二連三的炮響、不時傳來的慘叫，僅有「悲慘」能形容你的眼前所見，一切不見天日。

你意識到這可能便是所謂的世界末日了吧。

就在此時，你突然發現車廂的連結門開了。伴隨著越發敞開的門縫，一名身穿斗篷的少女緩緩地走了進來。

一開始你對於少女的出現有些退卻，不自覺的退後了幾步，但沒過多久你便不知怎的知曉了他不但不帶惡意，還可能是你僅存的夥伴。於是你便止步不動，讓他走到了你的面前。

「你好，決定者。」

少女向你恭敬地行了禮，他的聲音熟悉到讓你感到不自然。但你最在意的不是那個。「決定者？」你語帶不解地問。

於是少女向你解釋你和他都來自一個目前正掌握著世界現況，並欲積極改善的集中管理組織。這個組織內部有著能夠預知「悲劇事件」發生的技術。組織的核心目標便是在有事件發生時，以人為來引導使事件走向正確，也就是避免悲劇之路。因此只要上頭一傳來有事件即將發生時，身為「帶領者」的他便會為你指明方向，而你則是最終決定該如何影響事件的「決定者」。

「你必須以旁觀的角度觀看事件的發生，並為事件的結局做出決定。」

即使少女如此向你闡述，你還是感到一知半解。然而在你還沒能再向他問清楚一切的原委時，遠方突然傳來了轟隆巨響，他便阻止了你繼續發話，接著說了一句：

「事件發生了。」

＊＊＊＊＊＊＊＊＊＊＊＊＊＊＊＊＊＊

你看見前方不遠處依著山的貧民窟聚落，有一群年輕人們正想盡辦法推著一顆顆巨石往山腳下堆積，他們的樣貌是如此的慌亂又疲憊。

你不解地朝他們走去，並隨即向他們詢問了事情的原委。

「再過不久土石流就要來了！」

你隨著他們手指比劃的方向一看，果眞發現山頂上頭的黃石滾滾正逐漸朝山腳逼近。

「那各位還不趕快逃走嗎？」你有些激動地問。

「不行！村子裡還有一些無法移動的長者與孩童，不能就這麼丟下他們！」村民們接二連三的說：「根據我們的判斷，這些巨石有一半的機率是可以抵擋住土石流的。」

「但同時也有一半的機率失敗造成全員喪命啊！」你沒來由地爲他們感到焦慮，於是拚了命地說著：「如果你們現在馬上離開，雖然犧牲了少數人，但至少確保了有一定的人能獲救啊。」

「但如果現在逃跑的話，也就等同於放棄了全員存活的可能性啊！」

而就在這一陣混亂、你還不知該如何是好時，你的耳畔頓時傳來了斗篷少女的聲音：

「如果說身爲決定者的你只要一句話便能影響他們的行爲，那麼你認爲他們該怎麼做？」

此刻的你感到無比的困惑。你有些被村民們說服，但仍不知該如何選擇才是正確的。難道犧牲小我，完成大我終究是眞理嗎？然而當你還處於猶豫之時，土石流已一分一秒的逼近。

五、四、三、二、一。

你決定怎麼做？

通往結局的列車　之二

列車繼續行駛，未曾停下前行的步伐。

望著窗外發呆的你，此刻仍不自覺地回想起於上個村落所發生的一切。但你明白後悔是世界上最沒意義的事，於是你便將這份思緒拋諸腦後。

隨著一幀幀畫面從眼前飛逝，不變的是那慘絕人寰的景象——動亂於怒吼中四起，隨處可見宵小橫行，無力者只能匍匐於地，一切秩序於炮火中灰飛煙滅。

曾經遭遇當列車行經時，一群激進份子憤怒地拿著石頭砸向車身；卻也有到過幾個村莊是村民們接連向自己行禮，口中並不停地嗚咽祈求著什麼。

「我說，這個組織究竟是什麼呢？」

這些迴然不同的反應使你感到疑惑，於是你如此向斗篷少女問道，然而他卻沒有理睬你。

這使你感到有些不滿：

「爲什麼之前那個村落的人會願意完全聽信我的話呢？明明我的選擇不一定是正確的啊！」你大聲的嚷嚷著。

「組織內部是如此判斷的，而對那些人來說也是如此相信的。這樣就夠了。」

少女只是留下了這句話，並在你還沒能繼續提問時，突然示意你戴起他遞給你的防毒面具。你略帶猶豫地戴起了面具。而沒過多久，果眞發現前方的空氣變得越來越混濁。

少女向你解釋這是好幾個世代前便遺留下來的有毒汙染，因人類無法抑制而持續擴散。在未來只會越發嚴重，最終導致整片大陸無法生存。

當注意到路上的橫屍遍野時，你還是不忍地撇開了眼睛。然而在列車行駛一段路程後，你頓時發現在烏煙朦朧中能瞧見不遠處那無比巨大的玻璃溫室，而溫室罩住的是一個與外頭完全相異的，充滿未來感的科技都市。

「下一站要到了。」

在通過檢查哨後，列車駛進了都市內，並在少女的引領下，往位於城市西區的研究院前進。

眼前的繁榮景象深深震懾住了你——井然有序的高樓大廈，舒適又便利的生活機能，如此具有未來感的設計彷彿與外界處於不同的時空。

然而你最在意的不是那個。

一進到都市內便能不時察覺市民們接二連三的向自己鞠躬問候，有些人甚至行跪拜禮，態度恭敬到讓你感到渾身不自在⋯⋯

「您好，決定者大人。」

抵達研究院後，研究主導教授誠摯地向你問好，並帶領你參觀研究機構內部。你對這些龐大複雜的機器感到好奇，於是向對方問：

「這是在進行什麼樣的研究呢？」

「是空氣淨化的研究。」教授認真的回答：「您應該見過外頭的汙染程度了吧。爲了淨化汙染，我們這些研究員長年來持續進行研究，也得到了些許收穫。而成果正是這個玻璃都市的誕生。」

你爲他們的努力感到佩服，但同時又似乎覺得有哪裡不太對勁。

而就在此時，伴隨著不遠處的騷動聲響，一位青年突然抓狂似的奔向了你。在你還來不及回防時，他跪在了你的身前，圈住了你的腳踝，激動地說：

「這些都是騙人的！」

一旁的護衛連忙將青年從你身旁推開，並架住了他使他無法行動。你舉起手向護衛示意讓青年繼續發話，於是青年便語帶哀求地向你說：

「這個研究院的確在進行汙染相關研究，但根本沒能成功淨化空氣，只是『排毒』罷了！都市裡之所以可以那麼繁榮又乾淨，只是因爲把汙染都排到外頭去了！」

你驚訝地看向教授。

「……現階段的確是如此。」教授也承認了對方的說詞，卻仍不動聲色的解釋著：「但只要持續進行研究，總有一天一定眞能解決汙染問題的。」

「你的『總有一天』是建立在外頭那些人的犧牲上嗎？」

「難道要讓所有人在此刻一併滅亡嗎？」此時的教授也難免露出了悲痛的表情，然而在哀傷之餘卻依然堅定的說著：

「雖然我也痛恨建立在犧牲上的未來，但我卻更希望能讓人類活下去啊……那或許是我的孩子，也可能是我孩子的孩子也好，在未來的某一天能看見所有人一同生活在清澈的大地上。即使無法在現代履行也沒關係，只要留有生機便能擁有希望！」

「……那是因爲你是身處在溫室裡的人，才有辦法說出這種不負責任的話吧。」

兩人的辯論遲遲無法得出結論，周圍人也開始動搖了原本堅信的立場。到了最後，他們倆決定將抉擇權交付予你。

「決定者大人，您認爲怎麼做才是正確的呢？」

你一時無法做出判斷，但他們直視著你不肯轉移的眼神卻逼得你不得不選擇其一。

於是你向他們說出了自己的看法……

＊＊＊＊＊＊＊＊＊＊＊＊＊＊＊

被選擇的那方喜不自禁，更加堅定了自己的目標。

而不被選擇的那方，則頓時像是失去了一切的信仰與方向般，雙眼中已不見任何一絲光芒。

你有些擔心的看向那個被你放棄的人，並將手扶在他的肩上問道：

「你還好嗎？」

「……如果不被組織選擇的話，那麼生命也沒有意義了。」

剎那間，在你以及周圍人都沒來得及反應之時，那人居然從口袋裡拿出了一把小刀朝自己的腹部刺去。

他居然就這麼自殺了！

通往結局的列車 之三

鮮血逐漸從那人身上流出，並蔓延到了你的腳邊。

你驚恐地倒抽一口氣，下意識退後了好幾步。許久之後才終於回過神，頓時勃然發怒：

「又來了！到底爲什麼大家……會那麼遵從我的話？甚至做到這種地步……？」

然而少女並沒有回應你，使你只能繼續嚷嚷著：「這個組織究竟是什麼！」

「也沒什麼，講白了就是個極權政府罷了。」

你順著不遠處傳來的低沉嗓音一看，注意到有一群人正擋在研究院門口，綁著頭巾的模樣似乎是某種反對團體。

先前的發話者是群體中的首領，他斜眼看向了你身旁的少女，並面帶厭惡的說著：「一群成天只會以正不正確爲理由，擅自干涉他人選擇的僞信仰。」

你略帶疑惑的看向少女，然而少女只是以不含一絲徬徨的語氣回覆：

「一切都是爲了這個社會好，我們是對現存世界而言必要的存在。」

「少來！將自己的行爲講得冠冕堂皇，就能把人洗腦成這樣嗎！」

「您是從出生以來便活在溫室裡的人，所以應該不清楚吧？」少女不動聲色地說著：「在外頭那個人人自危，只能苟延殘喘的世界裡，別說是思想了，甚至連基本生理需求都無法滿足。我們能理解您對於自主意識的追求，但在這個非常時期，集體思維是必要之惡。」

「……」

首領沒有對此再多做反駁，只是在許久的沉默過後，突然舉起手向身後的同夥示意些什麼。而就在這一道指令下，團體成員們居然各個從腰包內掏出了手槍，整齊劃一的吶喊：

「再怎麼樣，我們都從心底發誓，絕不會淪落到聽從機器人的話！」

陣陣扳機扣下，頓時槍鳴於四周迴盪，少女在剎那間擋在了你面前替你接下這槍林彈雨。伴隨著子彈的行徑軌跡，少女身上的斗篷隨之飛起。底下露出的是無機質的軀殼。

那以金屬打造的硬質身軀隨著槍響逐漸千瘡百孔，鋼骨零件於空中飛濺，那是慘絕人寰的處刑現場，同時卻又是如此優雅，最後於錚然聲響中，散落一地。

反對團體在首領的呼聲下離開了研究院，只留下無所適從的你與滿地殘缺不全的冰冷軀殼。

你緩緩地蹲下身，欲哭無淚地看向眼前的遺骸。

然而仍保有意識的少女此時卻伸出手碰了碰你的臉龐：

「我、我我我沒事的。」他以帶著電子雜訊的聲響斷續說著：「列……列列列列車必須繼續續續續前進……快、快到終點了。」

於是你將少女那僅存的形骸抱起，輕得不可思議。

列車繼續行駛，未曾停下前行的步伐。

最終抵達的地點是一棟高聳入雲的大廈中。

裡頭的光線有些晦暗，唯一的光源僅是圍繞於四周數不清的螢幕裝置，播映著世界各角落所發生的情景，以及佇立於正中央的，巨大又精細的地球投影。

懷中少女的雙目此時突然亮起，在經過認證與匹配後，成功與大廈的數據機連線。

「您好，決定者大人。」

那空洞的彷彿超乎於世，本質卻依然為人聲的語音系統，頓時響徹於你的四周。接著慢條斯理的說著：

「是時候該做出決定了。」

「什麼決定？」你問。

「世界是否『重置』的決定。」

時至此刻，他終於開始向你侃侃道來一切的眞相——

你目前所處的世界爲西元三〇二七年，也就是未來的世界。隨著第八次世界大戰爆發，核爆、不知名病毒、文明發展過快及人與人之間的互相傷害不斷發生，這是個被認定爲沒救的世界了。

而所謂「重置」，是組織在暗中進行的計畫，即是利用人爲技術抑制世界發展。一經履行，數百年來的文明將被抹滅，人類會遺忘這段黑暗的歷史，而大地能再次得到水的滋潤，萬物重生復甦……**文明會退回到二〇二三年**——那是被判定爲人類仍有著優渥生活，且還有機會挽救悲劇發生的世界……。

「二〇二三……嗎？似乎也沒有多好啊。」你語帶複雜的說。

「那是警訊已存，但人類仍保有控制權的時代，正是最適合做出改變的時刻。」語音系統的聲音是如此堅定而懇切：「那時科技開始急速發展，但文化與思想尚未被拋棄。在那個年代裡，個人的影響力遠勝於組織，你隨時可以發揮自己的力量創造出不同的未來……。」

眼前的選項看似完美，卻讓你不由得有些迷惘。

在這段路程，這臺通往結局的列車上，你見證了即使身處末世，人類卻依舊不願服輸的心態——你看見了人性在失與得之間的掙扎，也瞭解了何謂小我與大我的取捨……只要你一選擇重置，也就代表著他們的這些努力與決心將瞬間蕩然無存。

種種思緒與矛盾充斥於你的心中，但你知道沒時間猶豫了。

經過反覆思索與考量後，最終，你爲世界是否重置做出了決定……

****

即將與少女分別之時，你在最後感慨地問了他一句：

「生命非得做出選擇嗎？」

然而在片刻過後，少女卻突然輕笑了一聲向你說：

「你很有趣，一直被選擇所困擾，但你知道有時『抉擇』眞的不是影響結局的分歧點嗎？一切的重點在於抉擇之後……因爲你持有著什麼樣的信念，終究會決定你有著什麼樣的未來。」

（通往結局的列車　完）

第四章　遙望未來

卡農與無心的軀殼

關於卡農這個人的傳說，在世界各地不斷被流傳著。

即使外表看似只是位隨處可見的少女，然而他卻天生擁有著特殊體質——也就是擁有能夠預知「悲劇」發生的能力。

在這文明發展趨於飽和，一切由實體轉爲虛擬的超科技社會，卡農的預知能力成爲了眾人趨之若鶩之物。受到了菁英學者的禮遇邀請，遊走於世界各地高層之間，卡農可說是掌握了這世間絕大部分的前端祕密。

這其中也包含了那位「仿生人工智能完全體」的事……

****

在這隸屬於世界組織之下的人工智能研發中心，裡頭最深處的監控溫室裡，圓弧形的穹頂吊掛著以電纜與繩索固定住的軀殼體。

卡農拿下斗篷湊近一看，即使主幹是由金屬鋼骨打造而成的，機體卻擁有人類的面容。

『如果將它細心打扮，肯定不論是誰都會認爲它只是位普通的少女吧。』卡農心想，然而這被認爲是人類研發史上第一具近乎完美的仿生機械體，卻被自己預言了「將會取代人類導致人類滅亡」這一詛咒。

也因此機體長期受到嚴密監控，思想發展遭受限制，更從誕生以來便被囚禁於這與世隔絕的溫室之中。

不知是因爲罪惡感，還是只是基於單純的好奇心，卡農只要一有空便會前來溫室與機體見面。

「您今天又過來了。」

機體每每總是會恭敬地向卡農問候。

或許是反覆向它試探圖靈測試的有效性，或許只是與它聊聊自己在各地遊走的所見所聞……卡農總覺在與機體對話時，自己才能眞正從緊繃的狀態放鬆下來。

機體的話語纖細卻精簡清晰，冰冷而不帶感情，然而正因如此更顯得毫無虛假。

即使兩人看似是能暢所欲言的朋友，即使卡農曾數次從機體的話語中得到救贖，這段關係卻從來不是對等的。

人類與仿生體，造物者與受支配者。

機體肯定心知肚明，卡農其實是被派來毀滅自己的。

只有一次，唯一的一次，卡農似乎從機體的眼神中讀出了一絲感情：

「眞羨慕您呢。」

機體突然如此呢喃。

「羨慕什麼？」

「羨慕您哪裡都能去。」

然而機體卻只能一輩子被關在這裡。

這樣的話語令卡農不禁思考起，爲了世界的安寧而選擇囚禁了一個人……不、是一具無心的軀殼，眞的是正確的嗎？

明明沒有靈魂、明明沒有一顆眞正的心，但此時機體臉上的面容卻悲傷得令卡農不禁難過。

或許會產生感情的終究是人類本身吧。

不論如何卡農還是做出了決定。

爆炸聲從研發所內部傳出，頓時火光四竄，所有人都因這突如其來的轟鳴與劇烈震動亂了陣腳。

在發現這巨響是從拘禁仿生體的監控溫室中傳出後，研究人員們都被嚇得立即放下手邊工作往溫室趕去，然而一到現場卻只見溫室被炸得瘡痍的斷垣殘壁，以及衣衫不整倒在地上的卡農。

「卡農小姐！」

研究主導教授扶住卡農看了看四周，卻絲毫不見機體的身影。「仿生體跑到哪裡去了？」他慌亂的問著。

「被我殺了……。」

教授聽聞卡農這虛弱的回覆後，驚訝地睜大眼睛，隨後神情變得沉重。

「……我還以爲您不忍心動手的。」教授低聲說道。

「爲了一個連人都算不上的物品犧牲全人類的未來這種事，想也知道是不合理的。」

卡農只是輕笑了一聲如此回答。他沒有說謊，因爲那名機器人眞的澈底從這世界上消失了。

在杳無人煙的荒蕪之地中，一名披著斗篷的少女正在匍匐前行。

「這就是外面嗎？」

少女帶著感嘆的自言自語。

在從那人手中獲得了嶄新的生命後，少女向自己立誓，必定要踏片這世間所有的土地。

他想以自己的雙眼親自見證，這被人類寶貴不已的世界究竟有何價值。

混濁的空氣迷濛了遠方殘骸的形影，強風吹得少女步伐有些蹣跚。這是他第一次親身感受到自己的身軀之重、步伐之重、以及從那人得來的話語之重——

『你不是人類，也不是機器人。你就是你。』

『你是自由的。』

即使這將耗費無法想像的長久歲月，即使將往世界的盡頭走去……

少女在回想起這段話時心中所湧出的感謝之情，都會永遠成爲自己不斷前進的動力。

手術日記

西元二一二〇年的春天，醫學界正式發展出了「治療」同性戀的技術。不是那種偏激的洗腦教育，亦非刻意的心理誘導，而是以完全合理、具科學性的手術進行對「性」偏好的改造。

研究來到了最終階段，在經過不斷的測試與認證後已經過核可，只差在這最後關頭補上正式登臺後的第一位成功治療案例，這份研究便可說是功德圓滿了。

而身爲資歷尚淺的前線研究專員，兼長達二十幾年的同性戀者的我，理所當然地被認爲是擔任「首例」的最合適人選。

＊＊＊＊＊＊＊＊＊＊＊＊＊＊＊＊＊＊＊

二一一九年七月三日

三十年前的夏天，那時我與他初次相識。

從小二那年的暑假一同參加暑期夏令營起，我們倆便會手牽著手沿著海濱小路回家。

那緊牽起的手並沒有帶著任何含義，只是單純喜歡著與他交談，與他並肩同行的時光。

二一二〇年三月十九日

我向父母提及了關於手術的事。

「不論你怎麼做我們都會支持你的。」

如此訴說的他們，臉上帶著的是不含一絲虛假的真情。我很慶幸我的雙親一直以來都願意放手讓我決定自己的未來，但此時卻仍不爭氣地認為有時或許把命運交給別人決定反而還比較輕鬆。

二一二〇年四月四日

我和他認真討論了這件事。

「不論你怎麼做我都會支持你的。」

我有點生氣即使到現在他仍不願意向我訴說真心，也不解為何一直以來要以笑容做為逃避的包裝。同樣的句子，相似的語氣，我卻能知道那並不是他的真心話。

我就是知道。

二一二〇年六月十九日

可能是基於有些衝動的賭氣，加上研究主導教授的不斷央求，我決定接受手術。

二一二〇年六月三十一日

我被送進了手術房，在施打過麻醉針後，手術開始了。

同日

手術結束後的幾小時，主治醫師正式宣布治療成功。

二一二〇年七月三日

我在醫院門口巧遇了他，他因為被我抓包想探病卻不敢進門而整個人害臊了起來。此時的我已不再對他有任何想法，對他的反應也感到陌生又新奇。那是種神奇的感覺，像是初次與他相識似的。從那之後他偶爾便會陪我從醫院步行回家。

二一二〇年十二月十日

我發現我又再次愛上他了。

二一二〇年十二月二十四日

我們倆沿著那條未曾變化過的海濱小路，一前一後地走著。

「不是說手術成功了嗎？」能聽見他的聲音從後頭傳來。

「不知道，前幾天到醫院回診時醫生也說沒有問題。」我回答，但彼此沒有再多說些什麼。

即使沒有回頭、即使沒有發出任何聲響，我卻能感受到後頭的他在默默嗚咽著。

「……我想可以講出一百個喜歡你的理由。」

我如此說著，同時將眼光放向遠方：

「我喜歡你蓬鬆過肩的頭髮，喜歡你笑起來時眉間不太自然的皺起，喜歡你總為了掩飾害羞而將手指置於唇間的姿勢，喜歡你那有些討人厭卻如此直率的說話習慣……有時我總覺得自己大概是被你制約了，不論是在悲傷還是快樂的時候，第一時間想找的人總是你。重要的時候只要你不在我便覺得渾然不安，你一出現我卻又能再次平下心。我喜歡我們倆不必交談卻依舊自在的相處模式，喜歡與你互相理解時那彼此心領神會的默契。喜歡你帶給我的一切不論是快樂也好、傷痛也好，一直以來都是如此。」

說到這裡，我將視線移回而轉頭看向他，輕笑了一聲說道：

「但我好像從來不在乎你的褲襠底下長怎樣。」

語畢，他仍不改緊繃著的臉龐，然而沒過多久卻整個人朝我這裡撞了上來。我被那力道嚇得蹲下身，抬起頭卻只見他咯咯笑了起來。他微彎下身拉住我的手使我站起，我們倆便沒有再放開彼此的手而並肩同行。

有件事我還沒對他說，那就是我其實也能講出一百個討厭他的理由，但那些理由也同樣只因他而起、只因他而生，是唯一只有我身旁的「這個人」能帶給我的感觸啊。

某位學者的歷史回顧
——關於名爲「吸血鬼」的存在

大約從二十二世紀末起，人類社會開始出現一種略微不同的存在。

原本僅被認爲是獨立個案，然而隨著擁有這類體質的人不斷增加，世人變得不再能忽視他們的存在——

即使外觀與普通人無異，但他們卻會吸食人血。

並不是非得依靠人類血液維生，然而只要吸收人血養分，這類人便能將自身身體能力提升到最大化。

而這樣人人害怕的存在，因爲與那傳說中的怪物擁有相似特點，因此世人便索性稱他們爲「吸血鬼」。

吸血鬼的體能與智力普遍優於人類，他們相當擅長殘害人類，卻不以此爲惡。

吸血鬼的誕生完全是基於先天遺傳，因此被他們咬傷的人類理所當然不會產生變異，而吸血鬼與人類交配亦無法產生後嗣。

這與膚色、種族差異等情況完全無法相提並論，吸血鬼與人類是先天基因上的不同。

因此人類也不打算將吸血鬼當人看了。

以吸血鬼所形成的小型社會基本上是採取完全的弱肉強食主義。生下孩子的父母可自由選擇是否將之扶養，而子女長大後亦無反哺義務，個體能否於社會生存完全仰賴自己是否有足夠的競爭力。

在吸血鬼群體間所使用的特有語言中，用語沒有尊卑之異、名詞亦無陰陽之分，他們不以年長為上、不以資淺為下，誰尊誰卑完全端看個人實力。

「怎麼能如此沒有素養，牠們知道什麼叫文化禮教嗎！」聽聞此事的人類如此斥責道。

吸血鬼近乎無性別之分。

即使生殖器官亦有雌雄差異，但除此之外不論在體能還是思想上，吸血鬼的男女表現幾乎相去無幾。

這影響到吸血鬼社會對於性與愛的認知，基本上性行為僅是生育手段，對於愛他們則完全採放任態度。吸血鬼社會能接受個體對任何事物表達愛意，不論是對玩具物品、動物，甚至連對人類也可以。

「這真是太沒倫理了！簡直是野獸般的表現！」覺察此事的人類如此謾罵道。

因為吸血鬼就目前而言屬於少數存在，因此即使擁有優於人類的體質，仍長期受到人類社會的排擠與攻擊。

「真是怪物！」

大多數人類對吸血鬼的了解甚少，他們知曉的僅是口耳相傳不甚客觀的印象。然而面對未知的存在，人類還是本能性地產生了恐懼。

當吸血鬼有做出任何異於常理的舉動。

「一律鄙視牠、否定牠！」

當吸血鬼展現了遠超出人類的身體能力。

「一律囚禁牠、限制牠！」

似乎出現了一位想嘗試與人類溝通的吸血鬼。

「牠一定是在說謊！」

似乎有位被逼到瀕臨崩潰的吸血鬼正在哀嚎。

「牠一定是在假裝！」

這也是理所當然的嘛，畢竟吸血鬼是會傷害人類的存在啊。

隨著時代演進，即使被施以諸多限制，吸血鬼的數量也已經成長到人類的千分之一了。

再這樣下去，人類遭到傷害的情形只可能越演越烈。

在這攸關人類存亡之際，世界強權組織決定擴增一則最新條例——無條件剝奪吸血鬼的人權。

在這樣的通則下，吸血鬼將不再獲得各國法律保障，而是成爲能遭任何人格殺勿論的存在。

眼看順利得到各國首領附和，受到外界權威支持，然而在條例即將正式發布的記者會上，一名生物學者卻突然衝上臺前。

「等等！」

學者與他身後的研究團隊及時搶下麥克風：

「在我們經過長期研究後發現，其實吸血鬼並不是怪物！」

「然而吸血鬼也當然不是人類……而是一種全新物種，我們暫時稱之爲『Ultra-Human（超人）』。」

「而這樣的物種，正是生物演化上智人的進化啊！」

這其實並不是什麼多新奇的事，即使智人（Homo Sapiens）是目前分類學下「人屬（Homo）」的唯一倖存種，但在好幾萬年前，人類也曾出現過諸如「巧人（Homo habilis）」及「直立人（Homo erectus）」等亞種，只是隨著歷史洪流被逐漸取代了。

而如今，智人也只是面臨了相同狀況罷了。

人類從一開始的無法理解，到最後被迫接受事實後，開始慌亂了。

有些人質疑生物學家的判斷，要求他們重新審視對這物種的定義；有些人則批判吸血鬼本身即是會殘害人類的存在，即使正名屬實依舊不需施予他們人權。

但他們不知道的是，什麼定義啊、人權啊，那根本都是人類在自說自話。

人類會在乎地底下的螻蟻是如何進行分工的嗎？

同理，吸血鬼亦毫不在乎人類如何稱呼自己。

人類對豬隻牛羊等動物的攝取與吸血鬼攝取人類有什麼差異嗎？

那麼人類又有何立場能質疑吸血鬼不以之為惡呢。

請不要誤會，回顧這段歷史的用意並不在於批判人類。人類並不可憎，而淪落至此亦無所謂因果報應之說。

這僅是單純對現實的闡述罷了。

而在久遠以後的如今，吸血鬼的數量已幾乎達人屬社會的百分之一，人類與吸血鬼立場的反轉已是可見的未來。

那麼人類會如何在完全滅亡前燦爛的苟延殘喘，便由我們來一同見證了。

永遠的潘朵拉

「如果說希望的背後是滿滿的謊言，那算是一種正義嗎？
為了得到能犧牲最少人的結果，你又願意承擔多少罪惡呢？」

聖烏托邦島

作爲在第五次世界大戰中少數倖存的島國之一，靠著完善周全的社會制度維持著島內長期的恐怖平衡。

對外宣稱反戰避世，對內卻實爲極端的王權專政。然而也因爲這樣的獨裁，使聖烏托邦島能成爲現世唯一僅存的和平之國。

檯面上沒有人敢反抗政府，因爲大家都知道離開這座島後只會更難生存，然而過著日復一日苟且偷生的日子，民眾逐漸積累起的不滿情緒也是可想而知。

****

潘朵拉一家有著世代傳承不可違背的宿命，那便是擔任島國地下反抗組織的首領。
只要國內有反抗活動發起，一定都能看見潘朵拉家族的人站在第一線。
即使這職位既危險又吃力不討好，他們卻以此為榮——特別是一族第九代繼承人卡爾．潘朵拉，天生崇尚自由與民主的他，更是願意為革命赴湯蹈火。
率領著抑鬱悲憤的憤世青年，組織正祕密謀劃著每十年一次推翻政權的革命行動。
趁著月黑風高之夜，組織菁英部隊著上戰鬥裝備，攜齊新型武器，於信號彈的提示下宣告內戰開始。
仁慈如卡爾者，因為不樂見無辜平民被捲入戰爭之中，因此不斷呼籲同胞切勿傷害老百姓，而是直接朝王都攻去。
衝破城牆、殺進王宮後，還是難免與王都軍隊碰個正著，然而在卡爾如此細膩又具遠見的作戰計畫下，雙方避免了正面交鋒。卡爾更為了減少犧牲，決定讓其他黨羽於外頭守備，獨自一人潛入宮中，準備親自與一國公爵做個了斷！
越是深入宮內，黑暗中那迎面而來的肅殺之氣便越逼得自己繃緊神經，卡爾站在公爵閣門前，憶起自己過去曾興起革命的祖先們肯定也曾與他有過同樣的心情。那麼即將展現眼前的也只會是不可逃離的命運……

卡爾戰戰兢兢地推開大門，然而與外頭截然相反的是閣中那輕鬆又自在的氣氛——僅見公爵與爲其服務的僕傭數名，以及滿桌擺放著豪華餐點的宴席。

公爵環視四周，在確認場內敵人僅有卡爾一人後，面對驚恐凝視著自己的卡爾，只是示意一旁的傭人爲自己切一片豬肉放入口中咀嚼，便口齒不清的說：

「哈哈今年也辛苦了！」

隨即卡爾身後突然出現兩名壯漢，一腳將他踹倒於地。

兩名壯漢不停單方面毆打著卡爾，那力道大到卡爾無法停止哀號。然而即使被打得片體鱗傷、即使差點因爲失血過多而昏了過去，卡爾卻完全沒有反抗……

潘朵拉一家有著世代傳承不可違背的宿命，那便是陪公爵與民眾演一場戲。

極權專政容易引起民怨，這是任誰都知道的道理。於是爲了避免革命實際發生，潘朵拉家每十年都會自發興起一場反抗運動，帶頭率領滿腔憤恨的民眾出征，並在終於攻破王城後，再以被公爵陷害並遭受苦刑為由，結束這場鬧劇。

卡爾無時無刻不在痛苦著。

表面上作為反抗軍之首，背地裡卻與政權暗通款曲，他正不斷承受著這錐心刺骨的罪惡感。

然而如果這麼做能維持島內和平，這樣的戲法能為世人找到排解的出口，那麼即使化身魔鬼，他也甘願繼續墮落下去……

「蛤？什麼魔鬼？裝得自己有多清高多可憐，講白了不就是在外得到民眾愛戴在內又能獲得貴族保障的既得利益者嗎？把自己形容的像是什麼願意為世人犧牲的正義之士，現在看起來不就是一頭任人宰割的豬嘛，真是噁心死了！」

公爵一邊鞭打著卡爾，一邊氣急攻心地嘶吼著，吼到幾乎快把自己剛嚥下去的肥肉給吐出來，身旁的傭人才連忙替公爵扇扇風安撫他的情緒。

不僅是潘朵拉以及公爵一家，連同這些傭人的身分也都是世襲而來的，因此他們也早從長輩那裡得知這場每十年便必須上演一次的戲。

世代傳承的職位、輪迴不絕的歷史……每十年一次像是兒戲般的反抗運動，不知不覺已成為民眾的另一種發洩方式，大家都暗自在心底樂在其中。

「潘朵拉一家世世代代緊守著傳家寶盒，裡頭裝有著希望……」，即使那是虛假的希望，但每每將它展現於世時，那閃閃發光的姿態不得不說多好看啊！

那麼又何必去拆穿這公開的謊言呢？

****

至於這醜陋的惡習終於被「真正的英雄」揭發，帝國隨即陷入有史以來唯一一次真實的浴血內戰，又是一個世紀後的事了。

帶來幸福的魔法

懸掛於穹頂的音響正播放著樂曲，一束束如煙火般的投影閃耀了青空，舉國上下無不歡慶這玻璃都市的落成。

在這地球因各樣汙染、暖化及環境變遷而變得極端嚴峻的時空下，如此一座完全由人工控制的科技溫室的建成，著實宣告了人類往永續生存邁進了一大步。大街小巷皆爲這跨時代的創舉高呼、喝采，城裡盡是歡愉的笑聲與樂音。

而在熙來攘往的人群中，一名坐著輪椅的男孩正望著這一切。

肯定誰也想不到，這名生來便沒有雙腿的男孩正是這玻璃都市的研發者。

然而正當所有人沉浸於慶典時，一陣巨鳴卻突然從後頭傳出。

「是魔女！」

一名橙色頭髮的魔女騎著掃帚，頓時從空中呼嘯而過，甩著魔杖不斷將所到之處破壞殆盡。不論是誰都爲魔女的出現而感到驚慌。但仔細一瞧，只有那名輪椅上的男孩鎮定依舊。

男孩只是悄悄從口袋裡拿出了把遙控器，接著按下上頭的紅色按鈕……就在那瞬間，他乘坐的輪椅頓時變成一臺巨大的泰迪熊機器人，凜然的站姿比鐘樓還要高。

男孩操控著手中的搖桿，機器人便也隨之移動，不是往哪裡，正是往魔女前行的方向去。魔女注意到後立刻加快了飛翔的速度，然而機器人也不惶多讓。

兩人的追逐戰持續了好一陣子，直到魔女感受到自己被巨大柔軟的物體抓住，勝負便宣布揭曉。

「你好，魔女小姐。」

這便是那瘸腿的男孩與邪惡魔女的初次相遇。

****

邪惡魔女不知愛為何物，這是人盡皆知的傳聞。然而事實上這卻是男孩第一次親眼見到魔女。

男孩抓住魔女，無非是想勸他不要再向人施展毀滅魔法，但魔女卻不領情：

「要不是你們爲了科技發展而糟蹋自然，這片土地就不會淪得如此骯髒了。」魔女面帶憤怒地說。

「但要不是因爲科技繼續進步下去，這片土地也沒機會再次恢復清澈了。」男孩語帶誠懇地說。

對魔女而言，科技是邪惡而充滿汙染的。

獨自一人度過逾百年的時光，見證這小鎮由純樸轉為繁亂，科技毀滅了他的家園，更疏離了人與人之間的情感，他恨不得時光就此倒轉。

只有依靠破壞來阻止世界前進的步伐才能捍衛他所心愛的一切。

對男孩而言，科技卻是充滿善意的、溫柔的。

年僅十來歲的他從小便生長在如此被科技擁抱的環境下，因此他從不認為科技是侵略品。

相反的，他反而深信科學能帶來奇蹟，並殷殷期盼著進步的到來。

男孩清楚知曉，正因為有科技做為輔助，他才能像普通人那般行動自在。

****

聖誕節是魔女最討厭的節日，因為那人人團聚的氛圍只會更加彰顯他的孤軍奮戰。

當魔女獨自於夜空中漫無目的地飛翔時，眼角餘光卻瞥見了另一道身影。

那是一臺掃地機器人，圓圓扁扁的底盤悠悠旋轉，載著那名頑皮的男孩飛了起來。

看著男孩那有些緊張卻又故作鎮定的滑稽模樣，魔女稍微卸下了點心房，他沒有排斥男孩的陪同邀約，兩人便沿著玻璃都市的邊緣一同飛翔。

或許魔女對這俯視的角度習以為常，但男孩卻並非如此。

如果不是憑藉科技的力量，男孩肯定沒有機會與魔女共享同一視角。

「魔女小姐，你看。」

隨著鐘聲低鳴響起，玻璃穹頂上那透明時鐘的指針翻過十二點。在人工氣溫調節機制的操作下，天空開始降起了皚皚白雪。

這是這北國小鎮睽違幾百年終於再次盼得的白色聖誕節。

因為科技發展導致地球暖化而消逝的雪景，如今竟又透過科技再次顯現，魔女感到一陣茫然。

兩人的耳畔隱約傳來了陣陣驚呼，往下一瞧，城市裡的居民都從各自的房子裡走了出來。或許光著腳丫奔跑，或許逗趣地打了雪仗，所有人都因這奇景而笑容滿面。

即使還什麼都沒能弄明白，魔女唯一清楚的，只有這些笑容絕不是虛假的。

自己心中的這份悸動也是。

「對我而言，如果是為了能讓他人幸福，科技亦是一種魔法喔。」男孩面向魔女，帶著靦腆卻真摯的眼神說：「所以下次，也讓我見見魔女小姐幸福的魔法吧。」

是從什麼時候起，變得只能用這份能力宣洩憤怒了呢？

明明自己也擁有能使人笑逐顏開的魔法啊。

男孩的話語不經意解開了魔女爲自己銬上的枷鎖。

放下偏見後眼中那本應無望的未來會有所轉變嗎？魔女看向了男孩那過於青澀的臉龐。

『在向我展現全新世界的同時，卻從來沒有否定過我的世界。』

魔女笑了，那笑容是如此的美好而純粹。男孩也笑了，兩人的神情是那麼的不同卻又如出一轍。

這份滿溢著溫暖的感情的名字，大概便是「愛」了吧。

第五章　小島物語

卡農與平凡的島嶼

那是個一如往常的早晨，李先生一家人正坐在餐桌上吃著早餐。

李先生細嚼慢嚥，兩個兒子則低頭滑著手機；李老伯伯打哈欠時差點閃到腰，而李太太還在房間裡睡覺呢。

然而當所有人各自用完餐點，正準備開始打理出門時，李家大門卻突然被人破門而入。

「打擾了！」

突然出現在視線中的是一名皮膚黝黑、穿著警察制服的男子。

男子在簡單問候完李家人後，便立即衝入了李太太的房間。所有人見狀都瞠目結舌，沒過多久才回過神，一同朝男子奔去。

從敞開的房門所看見的光景，是仍在呼呼大睡的李太太，以及蹲在臥室角落，不知道在做些什麼的男子……

男子把臥室內老舊延長線上的所有插頭都拔掉。

「呼，這樣就可以避免下午的火災發生了！」

男子只是站了起來，並豪爽地向李先生一家人說道。

原本對於這位陌生警察超乎常理的行爲，李先生感到既震驚又不解，直到看見對方制服上繡上的名字，他才頓時理解了一切，甚至心懷感激。

「陳卡農」那人是叫做這有些奇特的名字。

****

不論你是否相信，但卡農這個人，天生擁有異於常人的預知能力。

諷刺的是他無法預知好事的發生，僅能看見災厄的來臨。

因爲天生具有十足的正義感，爲了將自己的能力最大化地運用，卡農從成年後便開始遊走各地。數年間他曾到過如紐約般的繁華都市，也曾踏入撒哈拉沙漠中的綠洲小鎮，然而他都只是短暫停留，沒過多久又再次啓程了。

直到最後，他來到了這個與他家鄉相隔甚遠，位於地球另一端的島嶼。

明明對於曾見過世界一切美景的他而言，這座島嶼肯定過於不起眼，卻不知爲何的，他居然在不久後便決定就此久居了。

善良熱心的他當然沒打算枉費自己的特殊體質，在於小島待滿五年，成功歸化爲當地人後，他通過了當地的警察特考，成爲了一名有些特別的地區警察。

警察卡農的工作可忙碌的呢，當他預知到社區即將發生的各種災難時，他便會在警局同仁的協助下立即前往避免。小至不小心敞開的人孔蓋、即將掉落的公寓磁磚，大至火災的發生、嚴重的連環車禍都有，卡農不願意見到任何小我的犧牲，也衷心地爲了小島奉獻自身。鄰里居民們多年來見證了他的事蹟與熱情，因此即使身爲來自外地的異邦人，居民們還是尊重並感激著他。

故事聽到這裡，你或許會不禁想，明明擁有這般超乎常人的能力卻駐足於這毫不起眼的小島，豈不是太浪費了？

若卡農有意願，他或許有機會聯合美軍了結恐攻集團、或許能大幅改善非洲資源，可以的話，他甚至還能在歐盟內部佔有一席之地呢。

如果是他的話，肯定能夠做到更爲偉大的事。

而這座小島上究竟發生了什麼生離死別，究竟又與大局何干呢？

＊＊＊＊＊＊＊＊＊＊＊＊＊＊＊

那天，世界組織派遣了祕密專員來到了小島。

這對於這座不被國際承認的小島而言是件極其重大的事，然而任誰都知道，組織名義上以訪問交流而來，實際上只是來勸卡農離開的。

「爲什麼要執著於這座普通的小島呢？」在遠離記者鏡頭後，專員乾脆不隱瞞了，向卡農直截了當地問：「撇開格局不談，論美景，外頭多的是比這更壯觀的景色。論人文，小島的既有局限也無法做出什麼突破。你明明是有機會成爲被歷史記載的人，爲何要選擇這般默默無名呢？」

專員的語氣直接而誠懇，因此卡農並不感到反感。他只是先低下頭沉默不語，接著在經過片刻思索後，輕聲呢喃道：

「普通……嗎？我倒是覺得，再也沒有比這裡還要更加特別的地方了。」

再次抬起頭時，臉上露出的，是帶著感慨又疼惜的笑容：

「來到這裡後，我發現這裡的居民有那麼一點與他人不同的地方，那就是——太過敏感了。或許是因爲特殊的國際處境，或許是他方朝向自己的明顯敵意……他們戰戰兢兢並戒慎不安地活著。這裡的人們各自有著不同的認同，有著相異的理念，然而正因他們知曉孤身奮戰的恐懼，他們不會輕易否定任何一方，而是不停地討論著、碰撞著。或許衝突或許和解，這些互動激起了多元又斑斕的色彩，他們對自己的國家感到自卑的同時，卻又比任何人都要感到自豪。

而我大概只是，深深地愛上了這個悲傷卻又溫柔的地方吧。」

卡農輕笑了一聲如此說道。說出口的話語不足以描繪他的愛意，專員大概是認知道了這點吧，便也沒有再多說什麼了。

事實上有件事被卡農隱瞞了。

卡農之所以會選擇留在這座島嶼，其實除了個人偏好外，還因爲預知道了一件事——這座小島的國際地位問題，將在五十年內發生重大的改變。

爲了避免悲劇結局的發生，卡農至今仍在默默努力著。不論是這座小島普通而平凡的日常，還是那特殊而坎坷的命運……

他都想陪著島上的人們一起經歷，並親自見證下去。

遙而可及之光

位於小島西部沿岸的濱園工業區，轟隆作響的石化工廠遠比居住的人民還要來得多。這個被外界認爲充滿著汙染、噪音又雜亂不堪的地方，卻是我們這些在當地土生土長的孩子們的璀璨城堡。

從濱園小學升到濱園國中，到進入濱園高中，我們一群在郊區小鎮長大而不被期待的孩子們成天過著揮霍青春的生活。

但那也沒什麼，這世界上此刻究竟發生了些什麼事又與我們何干呢？因爲每每一群人在夜裡騎著摩托車奔馳於跨海大橋時，往工業區眺望所見的景色是那麼的美麗啊。

我將我的這些想法講述給林曦聽。

「你知道濱園的空汙品質可是長年處於紅色嗎？」

而林曦他還是一如往常的，喜歡在這浪漫時刻來句潑人冷水的話。

＊＊＊＊＊＊＊＊＊＊＊＊＊＊＊＊＊＊＊＊＊＊＊＊

林曦是班上的萬年資優生，在這放牛班裡顯得格格不入，卻也是我最要好的摯友。

我們倆像是被命運安排來整對方般，永遠都被分配在同個班級裡。然而也因爲長年的相處相知，價值觀大相逕庭的我們最能包容的也只有彼此。

高三那年理應過著埋頭備考的生活，然而對於我們這些不愛讀書的孩子而言卻不痛不癢，仍繼續過著無所事事的每一天。

當我誤以爲這悠閒自在的日子將永遠持續下去時，透過校園公佈欄上的榜單才終於得知——林曦考上了美國知名的大學。

對我們這種小鎭而言是非常罕見的。

在大街小巷放著鞭炮慶祝的同時，我也因爲賭氣而不願意再和林曦說話了。

自己究竟是在生些什麼氣呢？可能是因爲對他在做那麼重要的決定前都沒事先告知我而感到不滿，也可能只是單純對於優等生的酸意罷了。

他未來也將繼續前往更遠的地方吧。

不論如何，我們已經是不同世界的人了。

「走吧。」

畢業典禮前的夜晚，林曦他突然跑到了我家門口，在我連神都還沒回過時便牽住了我的手往外跑。

「去哪？」我不解的問。然而他卻沒有回頭，只是執意拉著我繼續向前並說：

「實際到工業區裡頭看看吧。」

＊＊＊＊＊＊＊＊＊＊＊＊＊＊＊＊＊

我很驚訝那位優等生林曦居然會提出如此大膽的邀約。

我們倆躡手躡腳的，在警衛正巧不注意時悄悄潛入了石化工廠內。

一根根冰冷的鋼筋水泥與管線，有些擾人的氣味與不時傳來的低鳴聲響……林曦帶著我在這座灰色迷宮裡穿梭，走過一層又一層的階梯，即使遇到柵欄也想盡辦法翻越，一心一意只想著往上爬。

穿越了無數個黑暗的長廊後，最終我們抵達了建築物的最上層。

我們倆手疊著手互看了一眼，接著屏住氣息地一同推開前往頂樓平臺的鐵門……

眼前所見的只有滿天的璀璨光輝。

從工廠所散發出的那彷彿繁星光點般的燈火是如此的耀眼而迷人。

我感到心情極好，便沿著外圍欄杆奔跑了起來。而林曦也隨之跟在我後頭。

跑到了平臺的終端，我們倆都稍微有些喘氣。我緩緩的伸出了手，想要觸碰遠方那一明一滅的依稀光火。

究竟是爲什麼呢？

「明明遠看是那麼的美。」

實際上正無時無刻的散發著汙染與混濁。

「如果不去知曉它的眞面目的話，它便永遠還是那座璀璨城堡。」

既然如此，那就永遠只待在遠處觀看不行嗎？

明明是這麼打算的啊……

「很醜的喔。」身後的林曦突然如此說道。

「什麼？」

「世界。」

我轉回過頭看向他。背著光的他身影有些晦暗，然而只有直視著我的雙眸依然清晰可見。

「即使如此你還是要去嗎？」

「正因如此我才要去啊。」

「就那麼愛國外金玉其外的生活嗎？」

「不是的啊。」

他如此回答，然後將眼光從我身上移開而望向遠方：「能去的地方有多遠我就想走多遠，我想要竭盡我的全力看透世間的一切。等到最後走到終點時，仍覺得這個殘破不堪的世界是如此美麗的話……」

他以帶著無限包容的溫情說：

「到那時候，我才便是真正愛上它了吧。」

＊＊＊＊＊＊＊＊＊＊＊＊＊＊＊＊＊＊＊＊

在那之後，林曦他眞如自己當初所言，在大學畢業後不但沒有回到濱園，還開始了在各地旅行的生活。

一邊隨著國際志工團體從事義診工作，一邊在世界各個角落奔波著。

看盡無數風景的他，不知現在有何作想呢？

我到最後還是沒有離開濱園，而是選擇繼續待在這個地方。

這個無人知曉的小鎭所製造的產物正支撐著繁華的大城市，又有多少人知道呢？

「我會將自己在這裡所見識到的一切告訴你的。」我心想，並對著記憶裡那有些模糊卻仍是如此閃耀的林曦說：

「到時候，也請你把在世界上所經歷的一切跟我說吧。」

祝你安好，佑佳

佑佳是個再普通不過的人了。

生長在傳統又保守的家庭，他的性格也相對穩健，總是會爲自己的未來事先安排好完美的行程。從小被賦予的目標便是考上國立大學，他做到了。而從大學畢業後，他也如父母期望的進入外商公司，領有穩定的薪水，成爲一名朝九晚五的上班族——或者說是朝五晚九？

關於佑佳的夢想，或許小時候在看偶像劇時曾夢想成爲一名演員，或許學生時期迷上旅遊頻道後曾決定總有一天去環遊世界。

然而這些夢想佑佳並沒有打算讓它實現。

這也沒什麼，佑佳清楚知曉自己並沒有厲害到能靠這些工作爲生，而所謂夢想就是沒有實現比較美。若興趣成爲了工作，或許還會因爲彈性疲乏而失去它原先的珍貴呢。

那這樣一想，夢想還是僅留於自己心中就好。

所謂夢想就是如此普通的事。

關於佑佳的感情，可能學生時期談過幾次戀愛吧，出社會後進入職場幾乎沒有與異性接觸的機會，頂多是偶爾回老家時被雙親嚷嚷著何時結婚比較麻煩而已。

佑佳是個聰明的人，老早就爲自己打好保險牌了——隔壁鄰居那個從小認識、自己不算喜歡卻也不討厭的大哥，是個成天與電腦相處的工程師。兩人約好如果佑佳三十歲時都還沒找到對象，索性就結婚吧。

畢竟婚姻比起愛情更看重相處的適性，而法律又爲配偶關係訂定多項好處，何不結婚呢？

……然而這樣的佑佳其實，還是有中意之人的。

與自己同公司的那位，比自己大個十來歲的姐姐，佑佳的視線總無法從他身上移開。

獨自一人扶養年紀尚小的女兒，爲生活賣命的同時卻仍對社會抱持善意，時不時關心著被生活搞得煩亂的佑佳……即使沒人能理解，但佑佳切實認爲這樣的姐姐是世界上最美好的人了。

然而這份愛情佑佳並沒有打算讓它實現。

這也沒什麼，佑佳的愛是淡然而雋永的，並沒有強烈到讓他願意冒著被斷絕關係的風險向父母出櫃，沒有深刻到讓他甘願爲之與世界爲敵。

現實的愛從來不是刻骨銘心，也不是轟轟烈烈的。

所謂愛情就是如此普通的事。

＊＊＊＊＊＊＊＊＊＊＊＊＊＊＊＊＊＊

這樣日復一日的生活不知不覺迎來第三十年了。

同樣的日出而作，同樣的日落不息，原本和姐姐約好一起共進晚餐的計畫也因加班而取消了。但這也沒什麼，世界從不會爲了你停止轉動。

然而當明月高掛，帶著疲倦不已的身心終於回到租屋處時，卻被眼前的景象給嚇住了。

「佑佳，生日快樂！」

拉炮彩帶降落至自己頭上，那是最老套卻從不曾令人失望的驚喜。

隔壁的鄰居大哥、自己憧憬的姐姐以及姐姐的女兒，這有些奇妙的組合居然聚在一起爲他慶生。

雖然裡頭還是沒有他的父母，但也無所謂了。

天知道他們爲了這場驚喜祕密計畫了多久。

姐姐爲自己不小心做得太大的生日蛋糕切片，而他的女兒則在一旁吵著要幫忙（當然姐姐是不會讓他拿刀的）。看著母女倆逗嘴的樣子，佑佳不禁笑了出來。

哥哥將自己準備好的禮物遞給佑佳，佑佳謹慎的拆開來看，是一枚尾戒。

佑佳深知那是什麼意思，他驚訝地看向哥哥，然而哥哥僅是小心翼翼地爲佑佳的左小指套上了尾戒，他們倆相視而笑。

佑佳還是決定不結婚了。

四個人就這樣坐在沙發上吃著有些過甜的蛋糕，這樣的場景看起來就像是一家人一樣，雖然他們並不是。

他們開始聊起一些生活上的瑣碎種種，聊起今後的打算與未來的安排，提到明年春節連假時如果有空可以來場日本小旅行。

佑佳心想，或許自己從來不需要轟轟烈烈，也不需要多精彩的人生，因爲與自己重視之人所相繫的每一天，便是那樣的珍貴而美好。

這就是普通，這就是生活。

此刻的佑佳告訴自己，自己肯定是世界上最幸福的人了。

雨夜、名字與存在的證明

那是個下著雨的夜晚，你們一群人在屋簷下躲雨。

小島北部那獨有的冬季陰雨浸濕了大地，沉澱了空氣中原先不安定的塵埃，此時的城市已不如白天的紛亂嘈雜，在雨聲的陪伴下與其說是陷入沉睡，更似無人知曉地死去。

在這凝滯的空氣裡滴答迴響的究竟是綿綿細雨，還是手錶上秒針加大的步伐？不斷狂妄地宣示自己的存在，同時也默默偷走各自的青春，不留痕跡地。

你凝視著眼前的迷濛細雨，想從雨夜之中思索出什麼，但在還來不及得出結論前，身旁的那人便打斷了你的思緒。

「誒，小幹。」

「……幹嘛？」

他在喊了你的名字後，只是默默從口袋裡掏出了菸盒，將一根菸遞給了你，另一根塞進自己嘴裡。隨著火花依稀閃爍，你輕吐了一口氣，成為這沉靜空氣中冉冉上升的一縷灰。

你從灰煙朦朧中窺看身旁攀談著的幾道人影——「這些人都是誰？」你居然下意識的如此反應，但沒過多久回過神，你頓時明白自己即將與這些連本名都無從知曉的人開始旅行。

＊＊＊＊＊＊＊＊＊＊＊＊＊＊

關於「名字」，你認為那是為自己重新定義。

一個個無法融入社會的叛逆青年，只能被世俗眼光、被一切常理一再否定。然而因為那場亂七八糟的群架，你們相遇了，也在剎那間全然明白彼此有著誰也無法理解的共鳴。

你們從不向對方道出各自的背景，也不打聽彼此的過去，只是偶爾在夜幕下相聚時，自顧自地高談闊論著各自的理想。

你們以隨口取的名字稱呼彼此，好似那能使你們成為全新的個體。你甚至為自己取了個幼稚的一字稱號，只為了在與他們閒聊瞎扯時製造突如其來的笑點——

『幹，也太帥了吧！』

『謝謝誇獎！』

『幹不是在說你啦白痴喔。』

時而咧嘴而笑、時而嚎啕大叫，你們有些過度用力卻又毫不後悔的存在著。

關於「存在」，你們首先想到了徒步旅行。

在每一舉手投足都被他人指指點點的社會下，每一步一腳走得都是如此不穩，彷彿一不小心失了足便再也無法站起般，你們前行的步伐是那麼的小心翼翼，卻又不願就此佇足。

相聚時你們時而打趣的調侃彼此，時而爲對方打抱不平。而在那個下著雨的夜晚，當你對未來感到前所未有的恐懼時，你的夥伴們居然提議要各自出點錢，從此刻起開始環島旅行，毅然決然地逃離一切的束縛與紛擾。

＊＊＊＊＊＊＊＊＊＊＊＊＊＊＊

黑夜爲每個人蒙上了一層保護色，隔離了凡塵俗事，卻也使一切變得混沌。周圍夥伴們的臉龐依然模糊不清，總在黑夜裡相遇的你們其實從未熟悉，你甚至無法清楚描繪出他們的輪廓……

但你卻覺得自己能感受到他們的溫度。

「八十億分之三千。」

你想起了那一串統計數據，斬釘截鐵地告訴你人短暫的一生頂多能結識的人數，每每使你忍不住感嘆起自身的渺小。

那麼，那又會是多麼微乎其微的機率，能與一群不盡熟識的人一起旅行，並在同個屋簷下躲避向自己迎面襲來的雨？

略微冷冽的夜晚使你的心緒變得有些敏感，你頓時明白了此刻的城市裡，肯定有數不清個失眠的人，與你相同的懷抱著各自脆弱又珍貴的自我，戒懼謹慎地守著各自的靈魂邊界。

那麼在這迷惘與倔將的輪迴，不斷重複卻又莫可奈何的迷途中，能與身旁這些和自己同樣奇怪的人們走到一處交會點，或許未嘗不是一種幸運吧。

雨漸漸地平息，屋簷上滴落了幾滴水珠，為雨後的世界帶來些餘韻。

即使明白往後的日子不可能如想像般順遂，然而在這烏雲逐漸散去，陽光灑落的美好片刻，你仍像個傻瓜般的打從心底認為未來將會充滿希望。

有趣的是這似乎是你們第一次在陽光下正眼看到彼此，當你們四目相接，感受到各自那藏不住的害臊與尷尬後，所有人都不由自主地大笑了起來。

即使仍無法說對未來不再迷惘，但至少此刻的你已經能清楚感受到自身的重量了。你穩穩地朝陽光灑落之處走去，有些忐忑卻又難掩興奮地踏出腳步，畢竟旅行才剛開始呢。

「在與你們沒意義的打鬧嬉笑中，我能感受到自己切實存在於這裡。」

水族館之戀

巨大的水箱庇護著與世隔絕的空間，水面被時間流成一道道皺褶……在這由湛藍所打造的世界裡，魚隻成群遨遊、生命依偎而存，光影將步伐緩慢的人們映得一痕痕的。

或許是家庭結伴出遊、或許是情侶攜手相隨，在這滿溢幸福的水族館裡，唯一準備與彼此道別的，肯定只有我們兩個了吧。

我與他肩並肩的走在靜謐的館中，這對我們而言是再尋常不過的光景。從還沒開始交往前便時不時會在這社區的小小水族館相遇，隨心聊著不著邊際的話題。

今天亦是如此，只是彼此的手久違的沒有牽在一起。

做爲準備與他分手前的最後一次約會，這肯定是個再適合不過的場所了。

我和他是從中學時期以來便認識的青梅竹馬。

同樣生長在這不爲人知的小鎮，因爲心血來潮選擇了擔任水族館導覽員充抵服務學習時數，意外的與隔壁班的他相識。

僅是這樣偶爾互相打招呼的關係不知不覺持續了好幾年，而他居然爲了能讓這段關係繼續下去，放棄了人人夢想中的明星大學，選擇了陪伴在落榜的我身邊。

而我也理所當然的與他相戀了。

戀人之間彷彿被透明的牽絆包圍，那是屬於我們的小小世界，但同時更是困住彼此的牢籠。因此在他準備出國工作的前一晚，我決定由我來宣告這段束縛的終結。

海底隧道一處不爲人知的角落裡，悄悄形成了生態圈，母鯉魚帶著魚苗們委身於此。一隻琥珀色的小魚眷戀不已的停駐於那株養育牠們的小珊瑚上。

「對這隻魚兒而言，這世上肯定沒有比小珊瑚更美好的存在了。」看著如此情景的他感慨地說著，然而此時的我卻沒有心思與他的話語共鳴：

「這只是因爲牠剛好生在這個魚缸裡罷了。」我語帶煩悶地說：「如果牠是活在廣闊的海洋中，才不會想搭理那株無趣的珊瑚。」

我知道他肯定明白我的言外之意，也可能被我的話語傷到了，但我卻無法克制自己不去這麼想。在他終於離開了這裡，見證這世界之大的瞬間，會不會後悔自己當初的選擇呢？

時間與距離的洪流不斷撲湧而來，彰顯了我們的軟弱無力，因爲我與他都僅是這茫茫人海裡再普通不過的一隻魚。

我們倆對彼此的存在，肯定誰都能夠輕易取代。

在這小而精巧的水族館裡，充滿著無數張不曾相識的面孔，每個人心裡繫著的都是獨一無二的另一人。

我與他一前一後地沿著極地區走，彼此沒有對話。

看著前方這再熟悉不過的身影，我頓時感到有些陌生。我們倆至今爲止的生命歷程有一半都是由彼此打造而成的，然而若事情並非如此，我們依舊會認爲對方是自己的特別嗎？

如果說彼此分別誕生於不同的國家，如果說我不曾有過那次的心血來潮，我肯定會與不同的人相識、相戀，甚至在此刻與全然不同的人幸福的漫步於別處的水族館吧……

『但那些卻沒有發生！』

世界這麼大，一個渺小的生命能夠出現在這世上任何一處，然而我們卻誕生於此，在這個彼此也剛好同樣存在的地方，以不差分毫的時間相遇了。

兩人共處的每一片刻、所有無心與刻意的選擇……在這一生只有一次的人生中到底要有多少的巧合與幸運，才能夠造就相戀的兩人如今能肩並肩的站在一起呢？

一切的一切都是微小而珍貴的奇蹟。

潛水人員進入大洋池區的水箱中與魚群共舞，所有遊客都興奮地靠向前方觀賞，我們倆也在人群之中，眼裡卻只是注視著玻璃上彼此的倒影。

「雖然我不知道魚兒是怎麼想的。」他率先打破了沉默：「但如果是我的話，即使去到更遠更廣闊的地方，心中思慕的也永遠都會是那株陪伴我長大的小珊瑚。」

說出口的一字一句忐忑卻又真確切實，他謹慎地伸出了手，宣示了他不願放手的決心。

這讓我了解到我原來一直以來都誤會了，因爲人與人之間的關係從來不是枷鎖與束縛，外頭廣闊的世界也永遠只會是令我們眷戀不已的場所的延伸。

我小心翼翼地回握了他的手，接著面帶笑容卻又不禁哽咽的回應：

「我也是這麼認爲的。」

生命充滿著無數的分歧點，每個選擇都會帶來全然相異的結果。

而在經歷萬千選擇後的此刻能與你相知相伴，或許便足以稱作所謂命運了吧。

此生何其有幸能與你生在同個魚缸裡。

致小安的一封信

「你知道嗎？在我故鄉的小島上，每年跨年都會有場盛大的煙火大會，即使那是座不起眼的小島，但只有那個時候，全世界的焦點都會在它身上，並爲之感動。

總有一天我們一起去看吧！」

當你向我訴說這些對未來的期盼時，你那明亮的雙眸肯定比煙火更加耀眼。

但那已經是僅存於我記憶裡的模樣了。

＊＊＊＊＊＊＊＊＊＊＊＊＊＊

小安，我的這條命是從你救下來的那瞬間開始的。

當時對未來不抱任何希望的我，因爲遇見了你才得以活下來。

從此之後，你便成爲了我的全世界。

不論是你爲我沖泡的咖啡，還是一起漫步在街上的隨心所欲，只要有你在身邊，我的世界便不再灰暗一片。

請不要嘲笑我，但我當時眞的認眞這麼想——或許鮮花、繁星、一切美好的事物，都是因你而生的。

在你作爲留學生修業期滿，即將回家鄉時，我感覺整個人都要垮了。

然而當你一回頭，說著要陪伴在我身邊時，我又頓時被塡得滿滿的。

因爲我的任性，使你無法回到你思念的家鄉，於是我與你約定待時機成熟時，定要陪你回小島一趟，一同觀賞那令你驕傲的煙火大會。

我曾以爲那是我唯一能回報你的——

直到你在一年前永遠地離開了。

在那之後，我的世界便頓時失去了意義。

無法再喝任何人泡的咖啡，無法在大太陽底下走著，只要一想起你，我便頓時連活著都感到愧疚。

與你的回憶成爲了我的詛咒。

彷彿只要我一笑出來，便是對你的背叛，我只能在沒有你的世界裡苟且偷生，拚死也不想淡忘你的一切。

我害怕從你的詛咒中逃離。

獨自一人於這座熱帶島嶼上徘徊，幾乎所有人車都朝向同一方位，但我卻失去了目標。站在馬路中央的天橋上，看著街道上熙來攘往的與你近似的面容，裡頭卻沒有你的身影。這是你的家鄉，是你本應歸屬的地方。

那麼如果就這樣墜落，是否就能見到你了呢？

我輕輕地閉上的雙眼……

＊＊＊＊＊＊＊＊＊＊＊＊＊＊＊

「那個！」

頓時，似乎聽到下頭有人用當地語言對我喊著我聽不太懂的句子：

「前方高速公路有高乘載管制，我們三缺一，要不要上來搭便車！」

＊＊＊＊＊＊＊＊＊＊＊＊＊＊＊

坐在駕駛座的是位年輕女性，而坐在副座及我身旁的兩位皆是上了年紀的大叔，似乎都是當地土生土長的居民，正用著簡單的英文夾雜當地語言努力的向我攀談著。

這個世界上總是有像你這種傻瓜般的好人。

「……你們要去哪裡？」我有些膽怯地問。

「當然是小島西岸的煙火大會啊！」

大概是注意到我微露詫異的臉龐吧，駕駛連忙問我需不需要在下個出口放我下車。而我在沉默了好一陣子後才終於回答：

「不，我其實也很想去看看的。」

那可能是我許久以來終於再次對自己誠實。

我曾以爲自己無法活在沒有你的世界裡，但我卻依然呼吸著。

日子仍持續度過，或許生活不再那麼多采多姿，但習慣卻比我想像中來得快。

「有點想嘗試喝喝看商店的咖啡。」「獨自一人走在路上依然是那樣令人恐懼嗎？」「總覺他們是群可以信任的人，因此即使聽不大懂他們在說什麼，我仍想多跟他們聊聊。」

如此這般的念頭，其實已經悄悄在我心底迴盪過好幾次了。

被月光照得泛藍的海邊充滿了來自世界各地的人，此時此刻在這裡相聚著。

「五、四、三、二、一……」

一束光輝冉冉上升，接著驟然綻放成五彩花火。見證如此美景的人們都一同興奮地吶喊著。我也被拉入人群，磕磕絆絆的與他們一同起舞，大家用著各式各樣的語言讚揚煙火的美，說著生命能活到此刻眞是太好了。

即使這是你的島嶼、即使你不在身邊，但眼前的景象仍美得使我不禁哭泣。

這樣是可以的嗎？

覺得自己的生命眞美好的念頭是能夠被允許的嗎？

即使那是對你的背叛，我仍想去相信，未來的每天都能過得一天比一天還要快樂。

小安，你不會是我的世界。

但你是我的寶物。

每當我對生活感到失意時，我便會想起你曾教過我的一切。

當人們翻閱起與自己心愛之人的回憶時，能不再悲痛不已，而是以帶著些許感慨卻滿懷感謝的心情面對它時，那麼那人便不會再消失了，因爲他會成爲你繼續前進的動力，會一直在你身邊陪伴著你。

永遠，永遠……

夏日與相逢

「我必須是特別的！」

夏朵將咖啡杯重重地放上吧臺並強硬地說道。然而他眼前那位正調著手沖的咖啡師動作卻依舊慢條斯理。

「現在還不夠特別嗎？」咖啡師低聲回問。

「我還差得很呢！」

然而面對夏朵的盛氣凌人，咖啡師只是停下手邊動作看向對方，並帶著靦腆的笑容說：

「但和夏朵相遇的這個夏天對我來說就很特別啊。」

夏朵不禁紅了耳根。

一見到這個笑容，便覺自己一直以來在堅持的那些好像也無所謂了。

****

夏朵對於「特別」一事，有著超乎常人的執著。

以年僅十一歲之姿成爲國家音樂廳史上最年輕的鋼琴家，十三歲時便錄取英國皇家音樂學院，而現在二十歲的夏天，他已經開始世界巡迴了。

這對他來說也沒什麼，夏朵的雙親皆爲舉世聞名的古典音樂家，從小在家庭的耳濡目染下，演奏對他來說彷彿呼吸一般。

倒不如說選擇爵士這條路本身還比較奇怪。

原本就已高人一等的夏朵，藉由這次的世界巡迴，眼界得以再更高一層。

不論是見證了世界奇景，還是與各知名音樂家互相切磋等等，二十歲那年的經歷是令他珍視不已的回憶——

其中或許也包含了來到這座島嶼，以及與馮相遇這件事……

馮是個極爲低調的咖啡師。

獨自一人在小島南岸的海邊經營咖啡廳，爲來自各地的客人用心調配咖啡，過著這樣日復一日相同的每一天。

但夏朵是知道的，馮也曾經是名爵士貝斯手。或許在圈內小有名氣，卻從來沒有對外張揚。

「明明擁有才能，爲什麼不去追求更好的呢？」夏朵不解的問。

「這裡對我來說就是最好的了。」

「這裡？這個又小又沒特色的島國？」

「你眞沒禮貌呢。」馮只是輕笑了一聲回答。

那彷彿水彩畫般的風景，那被陽光照得耀眼的夏天，好似能無盡延續下去似的。

來到島國的每日，夏朵僅是到咖啡廳點杯咖啡，並指定店內播放的專輯，便與馮聊個整天。聊關於夢想，聊關於爵士——聊馮最喜歡的那首爵士鋼琴曲 Almost like being in love，聊夏朵其實很喜歡聽 Walking bass 的特殊癖好；聊馮經營這家店所遇過的形形色色的客人，聊夏朵在世界各地的種種經歷……

一瞬間，那些經歷已經變得好遠好遠。

要說無邊際的汪洋海景，夏朵早已在希臘的沉船灣看過了；要說爵士咖啡館，這裡也不如新宿的 DUG Café 來得有味道。

然而夏朵卻不知不覺對這裡產生了依戀。

夏天是璀璨的，同時也是短暫的。很快的，夏朵的旅程該繼續前行了。

這對他來說也沒什麼，作爲一位長期在各地巡演的專業樂手，這樣的萍水相逢可說是再普通不過了。

原本打算悄然離去，沒想到在啓程的前一晚，馮卻突然邀請他到海邊走走。

兩人步行至咖啡廳的後院，眼前所見的，是一架簡易的電子琴與貝斯立於沙灘上。

「你很久沒有玩了吧？」馮爲自己許久沒碰的貝斯調音，並向夏朵說：「Jam（即興合奏）。」

夏朵驚訝地瞪大眼睛。

他不知有多久沒聽到這個詞了，那對他而言是年輕氣盛時偷跑去 jazz bar 挑戰的模糊記憶，是新手爲了求進步才會玩的遊戲。

然而當他回過神時，他的手指早已放在琴鍵上了。

因爲是兩人首次合奏，所以有一堆拍子都沒跟上，這令夏朵差點忍不住笑出來。然而偶爾巧妙合拍時又是那樣的興奮。

電子琴有些不自然的合成音質，貝斯那因爲太小聲而被海風吃掉的聲音。不斷反覆的節奏，生澀卻單純的旋律，互相交接時的默契，合奏所帶來的技巧碰撞……

夏朵開心極了。

演奏結束時夏朵抬頭一望——沒有聚光燈的照耀，也沒有全場歡聲鼓掌。

這裡僅有月光灑在臉龐那般輕柔，以及至今仍無法平息的心跳聲。

「大概不及國家音樂廳的水準吧。」馮苦笑著說。

「不。」夏朵低下頭緊揪著自己微微發燙的胸口：「這便是最棒的音樂了。」

****

那或許是還沒開始的結束，或許是一次不經意的悸動。

乘坐在飛機上時，夏朵僅是不發一語的看向窗外。而如今飛機進入平流層，已經見不到陸地了。

對於離開這座島嶼、離開那個人這件事，夏朵心中不禁產生了一絲酸楚。

夏朵對這個世界而言是特別的，這點無庸置疑。

然而對夏朵而言……

手機在此時開始播放起那首 Almost like being in love……

放學後的圖書館

放學的鐘聲響起。

有些人還留在教室聊天，有些人正準備參加球隊訓練；有些人結伴去補習，也有人就這樣獨自回家了。

放學後的圖書館，總會傳來那兩個人的對話聲。

「青春對年輕人而言，太奢侈了。」少年望著窗外說道。

「我說，蕭伯納這句話早就被說膩了吧？」他身旁的女人帶著笑意回覆。少年不服氣，「不然要怎麼說？」他問。

「啊，青春！青春！你什麼也不在乎，你好像擁有全宇宙的寶藏。也許，你所有的可愛之處就在於，你真心的以為自己就是個揮霍者。」

女人用那清脆的嗓音說著，風吹得他頭髮悠悠飄起。

眼前的光景使少年望得出神，他隱約記得這段話的出處，是屠格涅夫的《初戀》。

＊＊＊＊＊＊＊＊＊＊＊＊＊＊＊＊＊

少年從不曾對任何事物感到興趣。

這不代表他是個怠於用功的人，相反的，他的成績超乎常人的傑出。

正因如此，課堂對他而言是無意義的。

那些被課本記載的偉人經歷、被敘述的名勝奇景，這些都與他無關——因爲他生於這個小島、這個對世界而言一點也不重要的小島，因此不論那些爲人所知的歷史有多麼磅礴，他永遠也只會是個旁觀者。

而這樣的想法終止於那天他翹了課躲到學校頂樓，被那位新來的女老師逮了正著。

「你要去告狀嗎？」少年不悅的問。

「跟誰告狀？跟老師嗎？」那位老師像是開玩笑般的回答。他還真沒有向上頭稟報，取而代之的只是要少年每週三放學後幫他一起整理圖書館。

被灰塵堆滿的書櫃、咿呀咿呀響的吊扇，在那彷彿時間靜止的圖書館裡，少年與老師常隨手抽出一本看過的書，便開始進行討論。

月初那次是沙特的《存在與虛無》，上週則是村上春樹的《世界末日與冷酷異境》……從論文到小說，從古至今都有，兩人就這樣你一言我一句的，開始高談闊論起各自的感想與理念。有時各執己見、有時意見相合，像這樣的價値觀碰撞，是少年未曾有過的。

今天兩人抽起的居然是《莊子》，聊著聊著都差點想一同隱居去了。

對少年而言，這個有些我行我素的人是他的恩師、他的知己，更是他的理解者。少年將自己的眞實想法向老師訴說：

「生在這座小島眞的很不幸。」

少年認爲自己的所有作爲都是徒勞。

課堂所教的知識，那些自己曾偷偷許下的遠大抱負，一切都是那麼的遙不可及。

有些人只要一發言便能爲世界帶來莫大的影響，然而自己的每一句話卻是如此無力，注定只會理所當然地被世界遺忘而死去。

那麼又爲何得逞著強逼迫自己前行呢？

說到這裡，本以爲老師會像往常一樣溫柔的唸自己幾句，沒想到抬起頭，看見的卻是對方滿臉的悲憤。

「不對！」

與氣質相異的，那反駁的話語斬釘截鐵。老師頓時走到了少年面前，直視著他的雙眸並說：

「你這樣想的話，難道覺得和我在這些日子裡的談話也都是沒意義的嗎？」

清澈的眼瞳彷彿快將人吸進去般。

「我卻不這麼覺得，我相信這一切都是有意義的，包含我與你在此處的相遇亦是！」

毫無虛假的真摯語氣，堅定而凜然的氣場，少年被震得無法呼吸。

就這樣過了好久，在察覺到距離感變得不自然的近後，兩人才連忙慌張地撇開頭。

「嗯嗯，說到有意義、說到莊子，就不能不提他與他人的對話呢！」老師像是在緩和氣氛般的趕緊補充：「像是『濠梁之辯』之類的，明明只是兩人的閒話家常，卻被記錄在了課本裡呢。」

「……那麼如果我以後成爲了偉人，我與老師在圖書館的這些對話，或許也能被記錄到課本裡吧。」

少年如此呢喃。回過神後才發現自己竟不自覺把心中所想脫口而出，頓時滿臉通紅。

然而聽聞此話的老師只是先瞪大眼，接著噗哧地笑了出來。

「我、我是認眞的！」少年支吾其詞。

「我知道，我很期待。」

而老師只是露出那一如既往的溫暖笑容。

****

『這一切都是有意義的，包含我與你在此處的相遇亦是。』

這句話持續縈繞在少年心頭多年，不只作爲他生活的指南，更是他前行的動力。

在少年蛻變爲男人、畢業並出社會以後，他依然遵循著當初與老師的約定，最終進入了國際組織，並頗具建樹。

男人爲了將這不爲人知的小島的聲音傳出去，走遍了世界各地。

他的名聲隨著他的腳步傳入世人耳中，他的確如當初所言，成爲了一名不凡之人。

許久後的某天他受到了母校邀請返國演講，在排開眾多工作回到校園後，他察覺到一切物是人非了。

被重新改建的教學樓、生澀而不熟悉的面孔……所有的光景已不再是自己記憶中的模樣了。

落寞的心緒不斷湧上心頭。

男人頓時意識到，他其實哪裡都不想去。

他只懷念這個做爲他家鄉的小島，以及那段回不去的學生時光。

懷念那定時響起的鐘聲、好像是理所當然般每天相聚的朋友、走廊上的大聲喧嘩、斜陽撒下的圖書館，以及那個人那雙像是看透一切的眼眸。

他只想再繼續與那個人談話。

男人這時才終於發現，那個讓他決心走遠的人，不只是他的恩師、他的理解者，更是他的初戀。

第六章　遙望過去

有關於路西翁上校

〈有關於路西翁上校——歷史紀錄〉

路西翁上校被歷史記載為一名正義而富美德的軍官。

那是發生於一八九九年，國家成功收編殖民地統治權後，新任總統下令對當地反抗居民所執行的一次全面歸化作業。

任誰都明白事實上僅不過是以平復異徒為理由所進行的種族洗清罷了。

「要不選擇服從投降，要不便是格殺勿論。」在這樣的重責下，作為軍隊內部精英、前景備受看好的路西翁上校，自願擔任了本次殲滅戰武裝部隊的領導人。

一切正是因為路西翁上校打從心底悲憤著這樣的虐殺行為。

他明白這光榮之役僅不過是場殘酷的殺戮，也同情著原始居民的遭遇。然而因為瞭解軍人身分之重以及國家勢力之大，他知道這場戰役是無法被避免的。

於是他選擇親自站上前鋒，選擇不開槍，而是試圖說服對方投降，以自身的力量盡力去防止死亡發生。

而這樣悲壯而英勇的行爲，使得路西翁上校的名聲得以流傳千古。

＊＊＊＊＊＊＊＊＊＊＊＊＊＊＊＊＊＊

〈有關於路西翁上校——某位部下的自白〉

路西翁上校，您一定無法明白我有多怨恨您。

在那連自保都難以顧及的戰場上，您卻爲了所謂人性的光輝，一次又一次地將您的下屬置於危險之地。

在您的命令下，我們得想盡辦法勸導那群暴民投降。即使他們也與我們同樣充滿恨意，即使有好幾次我們都差點葬於他們之手……您卻依然不改自己的信念，而選擇盡力防止敵方的傷亡產生。

每一次每一次，我都差點忍不住扣下了扳機。

我無法明白您的堅持。

如果就乾脆一律擊殺所有反抗者，不是比較輕鬆嗎？

當您身臨危險，卻仍爲了那無用的同理心選擇逃避開槍時，也只是由我們來代替您痛下殺手。

您之所以能夠如此仁慈，全只是因爲將自己的罪孽加諸於部屬之下啊！

然而爲什麼，究竟爲什麼，我還是願意爲您擋下子彈呢？

始料不及，反抗者也同樣藏有槍火。當那一聲槍鳴響徹於空時，我居然毫無猶豫地，選擇奔到了您的面前保護您。

大量鮮血從腹部流出，痛楚頓時傳片全身。那種絕望的感觸是過去的自己從未體會過的，最後我還是因爲失去了氣力而倒了下來。

直到此時，我才眞正瞭解何謂死亡的重量。

這時的您蹲下身扶助了我。透過眼前那模糊的視線能窺見您滿臉的悲慟，或許是因爲您認爲我的死亡是自己所造成的。

見證了如此的犧牲後，您還會繼續保有善良嗎？

還是會因此痛心疾首，認定自己過去的選擇是個錯誤呢？

然而只有一點我現在能明白了。

在那浴著血紅，所有善意與光芒都無法照耀的地方，眼前所見的僅有滿滿的殺戮與絕望。在這之中殘害了無數條生命的我，原以爲自己早已墜入了地獄。

然而只要追隨在這樣的您的身邊，便好似能得到一些救贖。

路西翁上校，您一定無法明白我有多感激您。

即使內戰還遲遲無法結束，人類或許永遠無法避免互相憎恨，但只要有像您一般堅守善良的人性存在，我想肯定有什麼能夠被改變的。

我想試著去相信這樣的未來，即使那是我所見不到的未來。

如果是您的話……

納維爾雪山人質案

那是於工業革命時期，在那各自為了生存而掙扎的世界裡，所發生的一場駭人聽聞的人質綁架案。

然而這樣的悲劇，或許直到現今都仍在無聲無息地發生著。

****

納維爾的冬天冷峻而漫長，幾乎全年覆蓋於冰雪之下。然而那本該是純白色的土地卻沾染了一綻鮮紅。

待警方趕到時，案發現場僅剩下一具冰冷的屍體了。

「又是『羅斯』做的嗎……。」

羅斯．史普林格是納維爾警方近期急於緝捕的對象。傳說總潛伏於黑暗之中，隨機劫盜並痛下殺手，是任誰耳聞都會感到恐懼的存在。

「報告長官！」一名同僚喘著氣從不遠處跑了過來：「據村民闡述，有台行跡鬼祟的馬車方才駛進了雪山中，裡頭分別載有一名成年男性與小女孩。」

「可惡，是挾持了人質嗎？」警長無奈地皺了眉，隨即下令：「快通知二分隊到山中搜索！」

「是！」

狂風混著大雪咆哮，近乎掩沒了視線可及的所有範圍，也使這起案件變得越發撲朔迷離。

＊＊＊＊＊＊＊＊＊＊＊＊＊＊

在那棟長年廢棄的深山別莊裡，隱約傳來了一對男女說話的聲音。

「拜、拜託你放了我吧……。」

「閉嘴，我有允許你說話嗎？」

很明顯的，羅斯正帶著他綁走的人質潛藏於這別莊之中。那可憐的人質名爲喬，此時手腳皆被鐐銬給扣住，只能在一旁跪坐著。

「你……你就是那個『羅斯』對吧？傳說中的劫盜殺人犯。」喬有些不安地問。

「怎麼，很意外嗎？」羅斯冷笑了一聲，但喬沒有回答。

別莊裡的暖爐早已積滿了灰塵，使裡頭的氛圍比外頭還要來得冷。明知道警方遲早會搜索到這裡，羅斯卻只是不發一語地望著窗外。

即使心中難免有些不安，喬卻比自己想像中鎮定得多，此時的他正眯著眼睛四處窺看，並不時將目光停留在這名綁架他的犯人身上。

「你的膝蓋受傷了。」喬在注意到羅斯腿上那不算淺的傷痕後，略帶試探的問：「需要我幫你包紮嗎？」

然而這樣的提問得來的只是對方充滿警戒地瞪視。

「我什麼都不會做的，我發誓！」喬舉起雙手慌張地澄清。因爲他的模樣看似誠懇，羅斯又苦於無聊煩悶，於是便索性爲他解銬。

喬帶著磕絆的腳步走向羅斯，並將自己袖口的布料撕破爲對方包紮。

不論是那低頭認眞的模樣、柔順垂下的髮絲，或是臂膀透露出的白皙肌膚，喬的一切都讓羅斯感到煩躁不已。羅斯瞬間伸出手攫住了喬的衣領：

「還眞是一點防備也沒有。」他直視著喬的雙眸。「就不怕我對你出手嗎？」

「但是你看起來很痛苦。」喬低聲回答：「當有人需要幫助時，伸出援手是人的義務。」

「你當自己是聖母嗎？」

「我所受到的教育就是如此教導我的。」

看著喬這不但沒有逃離，甚至還帶有一絲憐憫的眼神，羅斯整個惱羞成怒。他瞬間用蠻力將喬整個按壓在地：

「你到底覺得自己懂什麼？以爲能受教育就很厲害嗎？錯！你只是生來就具備優勢罷了！大家都愛你，把你像寶貝般的捧在手心裡。」

羅斯不斷崩潰地吼著：「我可沒辦法像你那般愚蠢，你以爲我身處的是什麼環境啊？無時無刻被人上下打量，連獨自走在路上都會感到恐懼，這永遠低人一等的感受……你能懂嗎！」

滿腔怒火不斷的向外燃燒，即使那成爲了傷害他人的利器，灼得最痛的也一定是自己。

「……你肯定是無法理解的，你實在是……太幸運了。」

僅能吐出這最後的一字一句，其餘話語早已卡在喉嚨裡。

看著羅斯不禁哽咽的模樣，喬伸出手抱住了他：

「你過得很辛苦呢。」

「你到底懂什麼……」

「生長在充滿惡意的環境，肯定是很難受的。」

「嗚……」

喬緊緊地抱著羅斯，並語帶包容的說：

「我想要幫你。」

不知有多久沒有在他人面前袒露眞心了，羅斯稍微感到有些膽怯。

此時心中久違地領會到的溫暖，大概也是眞的吧。

「……那可以請你幫我一個忙嗎？」羅斯在喬的耳邊輕聲說道。

「嗯？」

一切僅發生在一瞬間，當喬睜大雙眼，感受到那無來由的剎膚之痛時，才發現自己的腹部已開始滲血。

而懷中羅斯的手也在自己未察覺時握住了小刀，臉上的淚痕也早已轉為笑顏。

「就請你替我背負罪名吧。」

****

警方徹夜包圍了那棟可能潛藏通緝犯的別莊，直到破曉將近，一道身影從大門口走出來後才打破了僵局。

那是一名虛弱的女孩，頂著哭紅的雙眼看起來楚楚可憐。警方人員連忙將他保護起來。

女孩一邊擦淚，一邊哽咽地道出自己被囚禁這段時間的經歷種種。

「但是我……我因為太害怕而不小心傷到羅斯先生了，他一直在流血……我真的不知道該怎麼辦才好……。」

「沒事的，先好好休息吧。」小隊長心疼的安撫女孩，並呼聲下令：

「快進去逮捕羅斯!!」

＊＊＊＊＊＊＊＊＊＊＊＊＊＊＊

「眞是太方便了!!」

在杳無人煙的山腰斷崖邊，一名女孩像是發狂似的笑著：

「一直以來原本只一心想著要努力向上，原本爲了證明自己而想去工廠幫忙，結果只惹得引人側目，被人視爲累贅。

在蹣跚苦撐了那麼久後，我才發現原來我根本搞錯了……逞強什麼的都是不需要的，示弱才是正解啊！」

女孩因爲過於興奮而奔跑起來，跑到被碎石磨破了腳底，跑到膝蓋上的傷再次開始滲血，還是止不住自己此刻的愉悅。

「生而爲女性眞是太方便了！

警方連調查都沒調查就把我當受害者認定，完全沒人懷疑我有能力犯案呢！

那個叫喬的也眞是可憐，因爲死了沒能說話就直接被當成犯人了，誰叫他生而爲高大的男性呢。」

唯一感到可惜的，就只有以後不能再用「羅斯（Rose）」這個可愛的名字作案了吧。

在大雪過後展露藍天的清晨，女孩因察覺眞理而狂笑著，眼角也不斷地流著淚。

「生而為女性真是太幸運了！」

最後的密碼：31773

這或許可以稱作17世紀末最大的謎團之一，關於那位偉大的旅行者西蒙・霍欽森之死，以及他所留下的唯一遺囑——

「31773」

僅是以最後的氣力在白紙上留下如此字串後，霍欽森先生便離開了人世，而那一串意義不明的數字便成為了世人爭相討論的對象。

有人說那代表著某種密語暗示，也有人說那是解開霍欽森先生存放遺產的寶箱的密碼（那時的報紙每天都在報導那憑空消失的巨額遺產）。不論如何，世世代代對這傳奇人物感興趣的人們皆為解開謎團而絞盡腦汁，卻都無從得到真正的解答。

而在百年後的如今，作為國家歷史文化委員會現任主席的我，被賦予了撰寫西蒙・霍欽森個人傳記的任務，也才有機會深入了解這位偉人的過往，以及他一生所背負的祕密。

霍欽森先生出生於頗具名望的商人世家，從小便受到良好的教育與品格培養。天資聰穎的他亦不負家族期望，長成了氣宇非凡的紳士，可說是人人稱羨的存在。

成年後的霍欽森先生繼承了從商的家業，不僅如此，他更成爲了當代旅行商人的先驅。憑藉著精準的判斷力與商業嗅覺，霍欽森先生遊走於世界各地——從非洲引進了農作物與木材，再從東方帶回了絲綢與香料。那些不爲人知之地皆有他的足跡，而他足跡所到之處便會變得富裕。

在那個思想發展尚未開化的時代下，甚至有人將他作爲神崇拜著。

霍欽森先生除了是位商人，更是一名冒險家。

地理大發現與航海興起激發了眾多冒險者的挑戰欲，在這之中命送異邦之人比比皆是，但霍欽森先生卻總能滿載而歸。

險峻而嚴酷的環境也好，前方無法理解的未知也罷，什麼都不足以使他畏懼。霍欽森先生是這個世界的征服者，更是時代的主宰者，他出場時總是凜然而威風、高貴而莊嚴，沒有任何事物能撼動他的地位。

也正因如此，在霍欽森先生逝世的那天，社會頓時陷入茫然，舉國無不悲慟。世人以他爲主角編寫戲劇，爲他建立了博物館，不斷緬懷這位已故的偉人。

而針對他生前所留下的密碼的研究更是從來不少。

多數人相信那是他存放遺產的寶箱的密碼，但不論過了多久都沒有任何人能找到這寶箱的隱藏之處。

也或許是進行實質上的解密，或是哲學面的研討……但再怎麼解讀都無法與霍欽森先生的高度匹配。

＊＊＊＊＊＊＊＊＊＊＊＊＊＊

在經歷了多次協商，通過了層層把關後，我終於有幸在百年後的如今，與當年侍奉霍欽森先生的管家的後代會面。

在簡單寒暄了幾句後，我決定直截了當地切入正題：

「西蒙．霍欽森究竟是把遺產藏在了哪裡呢？」

「沒什麼藏在哪裡的……早在他逝世前便全捐出去了。」

出乎意料的答案使我一時無法反應，回過神後我隨即接著問：「那麼、那一串數字究竟是什麼意思？」

老管家見我這一臉驚訝，僅是走向書房，從抽屜裡拿出當年那張寫有遺囑紙條，並小心翼翼地遞給了我。

在仔細窺瞧，並將紙條翻轉了幾次後，我才不禁脫口而出……

「ELLIE」

老管家便開始緩緩講述起那不為人知的故事。

＊＊＊＊＊＊＊＊＊＊＊＊＊＊

「很久很久以前，有一位出生於富有家庭的男孩，從小便聰明過人，然而正因為他太過特別了，同齡的孩子從無法與他建立平等關係。他的身邊亦沒有其他玩伴，僅是偶爾會偷偷跑出去見宅邸附近那戶黑奴人家的女孩。

那女孩的名字叫艾莉。

艾莉與男孩擁有截然不同的背景，價值觀更是大相逕庭，但只有艾莉能真正放寬心與自己交談。男孩發現艾莉看著自己的眼神不但不帶崇拜，甚至還懷有一絲悲憫。

而這一切是發生的如此突然，某天艾莉一家人突然舉家消失了。

周圍人都說大概是被哪個火氣上頭的貴族搞死了吧，但男孩不願相信。

男孩從此開始了尋找女孩的旅程。

這一路上經歷了那麼多事，隨著時光荏苒，男孩甚至連自己最初開始旅行的目的都遺忘了。

但只有艾莉在消失前向他說過的那句話，他直到臨死都還無法遺忘：

『西蒙，你是個完美的人，但你卻沒有心。你從來不曾眞正的開心，也不曾眞正的難過……這作爲人是如此可悲的事。

不論你在今後得到多少東西，都不會因此填滿你心中的那份空虛的。』

在男孩這輝煌的一生當中，只有這句話眞正傷害過他。」

提琴手與未定的命運

——這是這個世界上最難以明瞭，卻又廣為流傳的祕密。
——他們是一群被形容為救世主，卻也同樣身為詛咒的人們。

「決定者。」

世人是這麼稱呼他們的。每百年一次，隨機誕生於這世上不定角落的特定那人，天生擁有能夠預知「悲劇」發生的能力。從他們誕生並覺醒了能力後，便不再擁有姓名，而是繼承了「決定者」這樣的名分，開始透過自己的預知能力決定世界的走向。

第五代決定者是個義憤填膺的少女，曾利用這份能力阻止了一場獵巫行動。

第十八代決定者是位科學家，將能力配合數據系統演算出氣候變化的規則。

第二十七代決定者野心勃勃，率領了一群移民建立屬於自己的國度。

而第三十代決定者誕生於戰爭時期，理所當然成爲了國家最有利的兵器。

這位留著金色長髮的決定者在年幼時曾是名小小提琴手，自他從母親那頭習得了第一首歌曲後，他便愛上了提琴那獨有的悠揚音色。他的琴聲美妙動人、扣人心弦，任誰都相信他未來定會成爲一名出色的音樂家——若他並非生而爲決定者的話。

這個混亂的時代並沒有能使他一展長才的餘裕。他在成年後便馬上被國家收編，進入了軍隊，並開始將他的能力用於戰場上。

誕生了決定者的國家幾乎等同於打贏了一場必然的勝仗。

透過決定者的預知能力，軍方得以在事發前預先探得戰事的可能發展。若不利於己則事先預防，若利於我軍則全力隱瞞。

這很明顯不是正確的做法。

因此，由多方強權所組成的國際組織決定介入其中，輾轉將決定者納入「組織」管理，使他的能力不再獨厚特定國家。

於是他曾以決定者的身分救濟貧困，也曾透過預言來警戒惡徒。在組織的引導下，不論是誰都會認同這次他的能力終於被妥善使用了。

但即使如此這位決定者仍不認爲這是最正確的做法。

於是趁著某個新月之夜，他取走了他被沒收的提琴，並在備上簡單的行囊後，戴起斗篷隱藏身分離開了軍營。

曾經，他將悲劇事件上報長官，的確使我軍在千鈞一髮下贏得勝利，卻也造成敵方莫大的傷亡。

也曾經，他原先後悔著讓一名心懷不軌的上司利用預言巧取豪奪，卻也因爲此次事件才使懲戒單位開始留意這位不法者。

有次，他拯救的一名年輕女兵在這之後又葬送了另一人的生命。

也有次，有個被自己救下的醫官責備自己，說死亡才是身處亂世之人眞正的解脫。

「或許這世上並沒有所謂眞正的悲劇。」

決定者意識到，世間的一切都是那麼的蠻橫無理，卻同時又循規蹈矩。

又或者說即使擁有預知能力，自己終究也只是一介凡人罷了。

於是他像是醒悟般，開始不再強行干涉世界的運作了。

只是重拾他年幼時的初衷，開始遊走於世界各地，並不停地演奏著。

他喜歡那首曲子，那首他第一次學會的歌曲。

只要是他所在之處，人們便能聽見他用眞摯而深情的技法演奏那首曲子。

有時走入了爲勝利而歡慶的城邦，他的琴聲便悠然輕快。

有時見到了被戰爭摧殘的小鎭，他也會不禁難過，並將曲調轉爲沉穩而平緩。

像是在撫慰那些因離別而哭泣的人們，也如同在安定那些逝世的亡靈般。

一個人的獲得或許代表著另一人的失去，看似完美的結果可能也伴隨著未知的悲劇——因爲故事從不存在不帶遺憾的結局。

但人們卻不會因此放棄想讓世界變得更美好的念頭。

於是那前行的步伐永遠不會停下。

「我並沒有決定這一切走向的權利。」

漫長而無盡的旅途中，提琴手這麼發現了。

在這廣大卻又緊密相連的世界裡，每個人都是那麼一絲微小卻又不可或缺的存在，沒有任何爲了成全大局的犧牲是值得的。

而自己能做的，只是爲這些不爲人知的靈魂演奏一曲，並將這片土地所發生的一切記在心裡。

＊＊＊＊＊＊＊＊＊＊＊＊＊＊

最終這位第三十代決定者並非以決定者的身分，而是以流浪提琴手之姿廣爲人知。

世人崇尚他的，並不是他那份預知能力，而是他那顆同時兼具悲憫與豁達的心。

後來的人們爲了表達對他的敬意，決定改以那首他所演奏的曲子稱呼他。

從此之後這些擁有預知能力的決定者便也一代代承襲這個名字，繼承了他的思想，並隨著各自的心之所向使用這份能力。

而那首歌曲的名字，便是帕海貝爾的《卡農》。

完結篇

卡農與無盡的故事

我第一次見到的卡農，是位看起來和藹可親的老奶奶。

那是個春分時節的假日午後，在輾轉透過熟人及有關單位牽線後，我終於有幸與這位傳說人物見上一面。

見面的地點是位於大學對面的巷子裡那家，我特別喜歡的咖啡店。

在推開響著鈴聲的木門後，已經入座的他朝我揮了揮手，並露出那絲毫不見歲月痕跡的天真笑容。

肯定誰也不會察覺，這人便是那位擁有預知能力的傳承者。

「我已經不知道是第幾代卡農了。」

卡農奶奶舉起茶杯抿了一口，接著凝視著杯中自己的倒影說道：「從最初的『決定者』到現在的『卡農』，經過了數不清個年頭，我們卡農在每個世代的地位也都不盡相同。」

根據歷史記載，「卡農」在過去的戰爭時期甚至曾是凌駕於國家之上的存在。而這樣如同傳奇般的人物居然願意接受我這名不見經傳的寫手的採訪邀約，讓我很是驚訝，於是忍不住向他詢問原因。

「你是位作家對吧？」

卡農如此反問我。而我在猶豫了一會兒後輕輕點頭。

「我其實還挺高興的。我們這些卡農在一路上遇過太多的人，見過太多的事了，卻總只能帶著遺憾的心情旁觀這一切。」他的語氣在沉穩中夾雜著感慨：「而如今在這個相對平和的時代，卡農的身分也不是那麼廣爲人知，我就想著，是時候該把這些故事好好記錄下來了。」

聽聞他這發自內心的期許，我頓時感到自己身負重任，於是將手放到鍵盤上，帶著忐忑卻又堅定的心情說：

「請告訴我吧，在這一路上，你們究竟都經歷了些什麼呢？」

「即使人的生命有限，但記憶卻是能傳承的。」

卡農奶奶開始緩緩向我道出這一路以來的所見所聞——

在這漫長而無盡的旅途中，「卡農」近乎閱覽了整個世界。

他曾經見過那名如天使般的女高音歌手，也見過那群戴著兔子頭套的復仇者。

見過那位長不大的神明大人、見過吸血鬼、見過各式各樣的男女老少，並見證了他們相互交織並產生連結的過程。

玻璃都市的建成是通往悲劇結局的開始，卻爲魔女帶來了另一條通往快樂結局的選擇。

那位朝五晚九的三十歲上班族，似乎也與那位曾夢想成爲芭蕾舞者的姊姊有些相似。

機械少女羨慕著能自由到往任何地方的旅行者，最終卻回到自己最初誕生的場所。

正如那位偉大的旅行者啓程的目的也只是想尋回那位童年相伴的少女而已。

「我認爲決定這世界走向、決定各自命運的人，肯定都是身處故事當中的人們自身。」

卡農奶奶看向我，眼神中帶著滿滿的眞誠：「而正如我正閱覽著他人的故事一般，此刻肯定也有人在閱覽著我的故事。」

「那些讀者也是卡農嗎？」

「沒錯，**我們都是卡農**（決定者）。」

充滿著變數與不定的未來，肯定是沒有人能預知的。

世界被無數絲線緊纏繞著，也因此世事永遠無法釐清出眞正的前因後果。

只有每個拉著線的人，在此時此刻，有權利爲自己做出最無悔的選擇。

世上的無數生命都有著截然相異的生命歷程。

從各自的出生開始，衍伸出與眾不同的專長以及理念，逐漸將世界形塑成如今的模樣。

那理念可能不盡正確，也可能相互衝突，但世界不就是在人與人之間的碰撞與協調中前行的嗎？

即使歷史不斷重演，即使不論重置多少次悲劇都會到來。

人們依舊會將各自的思緒化爲行動，並期盼著世界終有一天能邁向快樂的結局。

而我的行動，便是書寫了吧。

即使是平凡而普通的我，也能透過書寫影響他人。

如果有人能因爲閱讀了我所撰寫的文字，體會了故事中人們的心意，而產生了感觸，或是一絲想嘗試理解的念頭的話……

那麼在那瞬間——

我肯定也成爲了其中一名拉線者，成爲了這繽紛世界的一部分吧。

於是我寫下了卡農，以及這四十篇故事。

《卡農與無盡的故事》　完

釀冒險67　PG2843

卡農與無盡的故事

作　　者	知　磨
責任編輯	陳彥儒
圖文排版	陳彥妏
封面設計	知　磨
封面完稿	王嵩賀

出版策劃	釀出版
製作發行	秀威資訊科技股份有限公司 114 台北市內湖區瑞光路76巷65號1樓 電話：+886-2-2796-3638　傳真：+886-2-2796-1377 服務信箱：service@showwe.com.tw http://www.showwe.com.tw
郵政劃撥	19563868　戶名：秀威資訊科技股份有限公司
展售門市	國家書店【松江門市】 104 台北市中山區松江路209號1樓 電話：+886-2-2518-0207　傳真：+886-2-2518-0778
網路訂購	秀威網路書店：https://store.showwe.tw 國家網路書店：https://www.govbooks.com.tw
法律顧問	毛國樑　律師
總 經 銷	聯合發行股份有限公司 231新北市新店區寶橋路235巷6弄6號4F 電話：+886-2-2917-8022　傳真：+886-2-2915-6275

出版日期	2023年3月　BOD一版
定　　價	280元

讀者回函卡

Printed in Taiwan

國家圖書館出版品預行編目

卡農與無盡的故事 / 知磨著. -- 一版. -- 臺北市：
釀出版, 2023.03
面； 公分. -- (釀冒險 ; 67)
BOD版
ISBN 978-986-445-775-5(平裝)

863.57 111022423